CICERON.

IN VERREM

DE SIGNIS.

X

22770

ACTIONIS SECUNDÆ
IN C. VERREM LIBER QUARTUS
ORATIO DE SIGNIS.

—◦—

QUATRIÈME DISCOURS
SUR CICÉRON
CONTRE VERRÈS,
SUR LES STATUES.

PARIS. TYPOGRAPHIE DE FIRMIN DIDOT FRÈRES,
rue Jacob, 56.

M. TULLII CICERONIS

ACTIONIS SECUNDÆ

IN C. VERREM

LIBER QUARTUS,

ORATIO DE SIGNIS.

QUATRIÈME DISCOURS

DE CICÉRON

CONTRE VERRÈS,

SUR LES STATUES.

TEXTE REVU,

AVEC ARGUMENTS ET NOTES EN FRANÇAIS,

PAR M. FR. DÜBNER.

PARIS,

JACQUES LECOFFRE ET Cie || FIRMIN DIDOT FRÈRES,
RUE DU VIEUX-COLOMBIER, 29, || imprimeurs de l'Institut de France,
près Saint-Sulpice. || rue Jacob, 56.

1845.

INTRODUCTION.

Entre tous les pays qui formaient le vaste empire de Rome à l'époque des guerres civiles, la Sicile était, sinon l'un des plus étendus, du moins l'un des plus fertiles et des plus riches. Couverte de colonies grecques, cette île avait pris part à la prospérité de la Grèce; elle en avait adopté les mœurs, les arts et les sciences; et lorsqu'elle tomba au pouvoir des Romains dans les guerres puniques, elle ne perdit rien ni de son luxe ni de ses richesses, conserva ses mœurs et ses lois, et Rome, suivant son usage, se contenta d'y envoyer chaque année trois magistrats, un préteur, et, sous ses ordres, deux questeurs, dépositaires de l'autorité que le sénat exerçait sur les peuples conquis.

L'Italie se reposait à peine des sanglants démêlés de Marius et de Sylla, lorsque Cajus-Verrès fut envoyé en Sicile pour succéder au questeur Cajus-Sacerdos. Successivement nommé questeur en Italie, lieutenant (*legatus*) en Asie et préteur à Rome, Verrès s'était partout signalé par le crime, la trahison et les concussions de toutes sortes; l'année de sa préture en Sicile ne fut de même qu'un tissu de cruautés et de déprédations. Cependant, comme si la Sicile n'eût point assez souffert de ce fléau pendant un an, la révolte des esclaves venant à éclater, le sénat retint le successeur de Verrès, Quintus Arrius, pour marcher contre le chef des rebelles, Spartacus; et ainsi le désordre et la guerre prolon-

gèrent trois ans entiers les pouvoirs de Verrès. Enfin le préteur quitta la Sicile, écrasée et épuisée,
pour faire place à son successeur; mais dès que la
province fut délivrée de sa présence, elle résolut
de porter plainte au sénat romain. Syracuse et les
Mamertins seuls s'y refusèrent; car Verrès les avait
rendus complices de ses exactions. Cette plainte en
concussion, nommée *Quæstio de pecuniis repetundis*, fut déposée, l'an de Rome 683 (71 av. J.-C.), sous
le consulat de Cneius Pompée et de Marcus Licinius,
devant un tribunal de sénateurs présidé par le préteur Marcus Acilius Glabrio. La Sicile élut pour
son défenseur Cicéron, que d'éloquents plaidoyers
avaient déjà rendu célèbre dans le barreau, et qui
d'ailleurs se recommandait au choix des Siciliens
par les souvenirs de justice et d'intégrité qu'il leur
avait laissés de sa questure quelques années aupara-
vant, sous le préteur Sextus Peducaeus.

Verrès avait pour appuis les familles des Métellus et Scipion, et pour principal défenseur l'orateur Hortensius, alors en grand crédit. Ils cher-
chèrent d'abord à enlever à Cicéron le rôle d'accusateur. A leur suggestion, Quintus Caecilius Niger,
d'origine sicilienne, et questeur sous Verrès dans
cette province, se présenta pour plaider contre son
ancien chef, en prétendant qu'il était devenu son
ennemi. Dans un premier discours, intitulé *de
Divinatione* (parce que dans ces plaidoyers il s'a-
gissait de la conduite future qu'on devait attendre
de l'accusateur), Cicéron réfuta les prétentions de
Niger, et obtint gain de cause.

Repoussés sur ce point, les amis de Verrès réso-
lurent de traîner l'affaire en longueur jusqu'à l'année suivante; Hortensius, désigné déjà consul,

devait la supprimer. Mais Cicéron se hâta de se
rendre en Sicile; cinquante jours lui suffirent pour
rassembler toutes ses preuves et réunir tous ses
témoins; puis, regagnant Rome, il fit aussitôt
comparaître ses témoins, et obligea Hortensius à
discuter leurs dépositions. Là commence la première partie du procès, la première *action*, comme
on la nomme; il nous en reste l'introduction à
l'audition des témoins.

La culpabilité de Verrès était établie; Verrès en fut effrayé, et prit la fuite, se condam-
nant à un exil volontaire; et Hortensius renonça à
soutenir en face une cause abandonnée par son
client lui-même. Ce fut alors que Cicéron composa
la seconde partie du procès, la seconde *action*,
qui ne fut point plaidée, mais qui servit, en expo-
sant au grand jour les crimes de Verrès, à ôter à
celui-ci tout espoir de retour qu'il aurait pu fonder
sur le peu de retentissement de son affaire.

Cette seconde partie, écrite avec soin, offre un
tableau instructif et animé de tout ce qui se rattache
à l'existence des Romains à cette époque. Elle se
compose de quatre discours; le premier, intitulé
de Prætura urbana, est relatif à la conduite an-
térieure de Verrès; le second, *de Jurisdictione
siciliensi*, traite de l'administration tyrannique du
préteur en Sicile comme magistrat judiciaire; le
troisième, *de Re frumentaria*, expose les exactions
commises par l'accusé, exactions pour la plupart
relatives à l'approvisionnement de Rome, dont les
greniers de la Sicile fournissaient déjà le principal
aliment.

Dans le quatrième discours, intitulé *de Signis*,
Cicéron commence l'examen de cette véritable pi-

raterie exercée par Verrès dans sa province, examen que doit terminer la description de l'appareil de supplices dont le préteur se servait pour intimider ou écraser tout ce qui résistait à ses passions désordonnées. C'est le but du *de Suppliciis*, le cinquième et le dernier de ces célèbres discours connus sous le nom de *Verrines*.

M. T. CICERONIS

ACTIONIS SECUNDÆ

IN C. VERREM

LIBER QUARTUS.
ORATIO DE SIGNIS.

Ce livre est l'un des plus intéressants du plaidoyer, en ce qu'il nous transmet une foule de détails importants pour l'histoire de l'art et des mœurs antiques.

CHAPITRE I.

L'orateur commence par poser en fait qu'il n'est pas un objet d'art, pas un objet de prix, en Sicile, auquel Verrès n'ait touché, afin de ne rien laisser dans l'île qui fût à sa convenance ; c'est ce qu'il va prouver par l'énumération des procédés ordinaires du préteur. Il ne commence pas par exposer les plaintes de ceux qui ont tout éprouvé de la part de Verrès, il va plus loin, il dit ce qu'en ont souffert les amis du préteur ; par là, on jugera de ce qui devait attendre ceux qui n'en étaient pas. C'est par les Mamertins (ceux de Messine), les complices des pirateries de Verrès, qu'il débute.

Venio nunc ad istius, quemadmodum ipse appellat, studium ; ut amici ejus, morbum et insaniam ; ut Siculi, latrocinium. Ego quo nomine appellem, nescio : rem vobis proponam ; vos eam suo, non nominis pondere penditote.

Genus ipsum prius cognoscite, judices; deinde fortasse
non magnopere quæretis, quo id nomine appellandum
putetis. Nego in Sicilia tota, tam locupleti, tam vetere
provincia, tot oppidis, tot familiis tam copiosis, ullum
argenteum vas, ullum Corinthium aut Deliacum (1) fuisse,
ullam gemmam aut margaritam, quicquam ex auro aut
ebore factum, signum ullum æneum, marmoreum, ebur-
neum, nego ullam picturam neque in tabula neque in
textili (2), quin conquisierit, inspexerit, quod placitum
sit abstulerit. 2. Magnum videor dicere : attendite etiam,
quemadmodum dicam. Non enim verbi neque criminis
augendi causa complector omnia : quum dico nihil istum
ejusmodi rerum in tota provincia reliquisse, Latine (3)
me scitote, non accusatorie loqui. Etiam planius : nihil
in ædibus cujusquam, ne in oppidis quidem; nihil in locis communibus, ne in fanis quidem; nihil apud Siculum,
nihil apud civem Romanum, denique nihil istum, quod ad
oculos animumque acciderit, neque privati neque publici,
neque profani neque sacri, tota in Sicilia reliquisse.

3. Unde igitur potius incipiam, quam ab ea civitate (4),
quæ tibi una in amore atque in deliciis fuit? aut ex quo
potius numero, quam ex ipsis laudatoribus tuis? Facilius
enim perspicietur, qualis apud eos fueris, qui te oderunt,
qui accusant, qui persequuntur, quum apud tuos Mamertinos inveniare improbissima ratione esse prædatus.

I. 1. *Vas Corinthium,* vase
fait de bronze de Corinthe :
c'était un alliage de métaux
d'un très-bel effet, dont on
attribuait la découverte au hasard : *æs Corinthium,* dit Pline, *casus miscuit, Corintho,
quum caperetur, incensa; mi-
raque circa id multorum af·
fectatio fuit* (XXXIV, ch. 3).
Le même Pline, au chap. suiv.,
cite l'airain de l'île de Délos :
*Antiquissima æris gloria De-
liaco fuit, mercatûs in Delo
concelebrante toto orbe, et
ideo cura* (était recherché) *of-
ficinis.*—2. *Pictura in textili,*
broderie, tapisserie. *Acu pin-
gere,* broder. — 3. *Latine loqui,* parler selon la signification exacte des mots dans la
langue, et sans exagération.

CHAPITRE II.

Heius est l'un des premiers citoyens de Messine ; il avait chez lui quatre statues de premier ordre, des morceaux achevés ; un Cupidon de Praxitèle, un Hercule de Myron, deux canéphores de Polyclète. Verrès les a pris, tandis que Caius Claudius Pulcher, l'un des édiles qui se sont montrés les plus magnifiques pour le peuple romain, après avoir obtenu d'Heius qu'il lui prêtât le Cupidon pour l'exposer dans les jeux, le lui a rendu consciencieusement.

Caius Heius est Mamertinus (omnes hoc mihi, qui Messanam accesserunt, facile concedunt) omnibus rebus illa in civitate ornatissimus. Hujus domus est vel optima Messanæ, notissima quidem certe, et nostris hominibus (1) apertissima maximeque hospitalis. Ea domus ante istius adventum ornata sic fuit, ut urbi quoque esset ornamento. Nam ipsa Messana, quæ situ, mœnibus portuque ornata sit (2), ab his rebus, quibus iste delectatur, sane vacua atque nuda est. 4. Erat apud Heium sacrarium magna cum dignitate (3) in ædibus, a majoribus traditum, perantiquum, in quo signa pulcherrima quattuor, summo artificio, summa nobilitate, quæ non modo istum hominem ingeniosum et intelligentem, verum etiam quemvis

Le passage suivant de la septième Philippique, ch. 6, § 17, explique parfaitement le sens de la phrase : *Quem* gladiatorem *non ita appellavi, ut interdum etiam M. Antonius* gladiator *appellari solet, sed ut appellant ii qui* PLANE ET LATINE *loquuntur,* c'est-à-dire, simplement et dans le sens propre, non dans l'acception métaphorique. On dit également *parler français* dans ce sens. — 4. *Ab ea civitate,* savoir *Mamertina,* la ville de Messine (*Messana*), habitée par les Mamertins, ancienne peuplade de la Campanie.

II. 1. *Nostris hominibus* p. *Romanis.* — 2. *Quæ situ... ornata sit,* pour *quamvis ea ornata sit.* Le subjonctif *sit* indique que le pronom renferme implicitement une particule. *Ab his rebus,* mot à mot, du côté de ces objets; c'est-à-dire, pour ce qui concerne ces objets. — 3. Les mots *sacrarium magna cum dignitate* sont étroitement liés,

nostrûm, quos iste idiotas (4) appellat, delectare possent :
unum Cupidinis marmoreum Praxiteli (5) : nimirum di-
dici etiam, dum in istum inquiro, artificum nomina. Idem,
opinor, artifex ejusdemmodi Cupidinem fecit illum, qui
est Thespiis (6), propter quem Thespiæ visuntur : nam
alia visendi causa nulla est. Atque ille L. Mummius (7),
quum Thespiadas, quæ ad ædem Felicitatis sunt, cetera-
que profana ex illo oppido signa tolleret, hunc marmoreum Cupidinem, quod erat consecratus, non attigit.

et équivalent à *sacrarium in magna dignitate habitum.* — 4. *Idiotas,* mot grec, ἰδιώ τας : hommes qui n'ont pas re cu d'instruction. Lucilius disait dans une de ses satires : *Quid ni tu idem illiteratum me at que idiotam diceres ?* Verrès se croyait grand connaisseur en fait d'art, et c'est lui que Cicé ron désigne avec ironie par ces mots : *istum hominem inge niosum et intelligentem.* — 5. *Praxiteli* p. *Praxitelis.* Les écrivains antérieurs au siècle d'Auguste forment ainsi le géni tif des noms propres grecs en ης, gén. ους, comme *Pericli, Iso crati, Demostheni.* Praxitèle de Paros, célèbre sculpteur, florissait 360 ans environ avant notre ère. Après avoir nommé Praxitèle, Cicéron s'interrompt pour dire : « C'est en instrui sant ce procès, que j'ai appris les noms des artistes. » Car on re gardait comme peu digne d'un véritable Romain de s'occuper de la littérature et des arts de la Grèce. Cicéron combattit ce préjugé dans un grand nombre de passages, entre autres dans

l'introduction de plusieurs de ses livres philosophiques, et dans la harangue *pro Archia poeta ;* mais Caton et tous ceux qui défendaient les mœurs anti ques cherchaient à le maintenir par leurs discours et par leur exemple ; et Cicéron, comme on voit, trouve nécessaire ou utile à sa cause d'affecter une igno rance complète des choses qu'il connaissait parfaitement bien. Voyez la remarque de Quinti lien citée à la note 3 du cha pitre suivant. — 6. *Thespiæ,* petite ville de la Béotie, au pied de l'Hélicon, auj. Neocorio ou Erimo-Castro, célèbre par le culte qu'on y rendait aux Muses (*Thespiades* Musæ) et à Cupidon. — 7. *L. Mummius,* surnommé *Achaïcus,* qui avait pris Corinthe en 146 av. J.-C. Ce Cupidon de Praxitèle, que Mummius ne voulut point enle ver aux Thespiens, n'a pas échappé cependant au sort gé néral des célèbres ouvrages de l'art grec : il fut transporté à Rome par l'ordre de Caligula, rendu par Claude, repris par Né ron, et périt dans un incendie.

CHAPITRE III.

5. Verum, ut ad illud sacrarium redeam, signum erat hoc, quod dico, Cupidinis e marmore : ex altera parte Hercules, egregie factus ex ære. Is dicebatur esse Myronis (1), ut opinor : et certe. Item ante hos deos erant arulæ, quæ cuivis religionem sacrarii significare possent. Erant ænea duo præterea signa, non maxima, verum eximia venustate, virginali habitu atque vestitu, quæ manibus sublatis sacra quædam more Atheniensium virginum reposita in capitibus sustinebant. Canephorœ (2) ipsæ vocabantur. Sed earum artificem, quem ? quemnam ? Recte admones (3), Polycletum esse dicebant. Messanam ut quisque nostrûm venerat, hæc visere solebat : omnibus hæc ad visendum patebant quotidie : domus erat non domino magis ornamento, quam civitati. C. Claudius (4), cujus ædilitatem magnificentissimam scimus fuisse, usus est hoc Cupidine tam diu, dum forum diis immortalibus populoque Romano habuit ornatum : et, quum esset hospes Heiorum, Mamertini autem populi patronus (5), ut

III. 1. *Myron* florissait en 430 avant notre ère. Son Hercule était à Samos, et ne fut transporté que plus tard à Rome par Marc-Antoine le triumvir. Celui qui était en la possession de Heïus était donc une copie ou un second Hercule de Myron. 2. Κανηφόροι, *canistriferæ*. Ce genre de statues était affecté surtout à l'architecture ; elles servaient de cariatides : *ornamenti causa fuerunt*, comme Cicéron le dit au ch. VIII, § 18. —3. *Quem ? quemnam* (sous-entendu *dicam*) ? Ensuite Cicéron feint que quelqu'un lui indique le nom : *recte admo-* nes. Quintilien cite ce passage (liv. IX, ch. 2, § 61, 62), en ajoutant la réflexion suivante : *Quibusdam, dum aliud agere videmur, aliud efficimus : sicut hic Cicero consequitur ne, quum morbum in signis et tabulis objiciat Verri, ipse quoque earum rerum studiosus esse credatur.* Polyclète de Sicyone était contemporain de Myron. — 4. *Caius Claudius Pulcher* était édile l'an 100 av. J.-C. Plusieurs auteurs parlent de la magnificence extraordinaire des fêtes qu'il donna aux Romains pendant sa magistrature. — 5. *Patronus.* C'é-

1.

illis benignis usus est ad commodandum, sic ipse diligens
fuit ad reportandum. 6. Nuper homines nobiles hujus-
modi, judices, et quid dico nuper? imo vero modo, ac
plane paullo ante vidimus, qui forum et basilicas non spoliis provinciarum, sed ornamentis amicorum; commo-
dis (6) hospitum, non furtis nocentium, ornarent : qui
tamen signa atque ornamenta sua cuique reddebant,
non ablata ex urbibus sociorum, quatridui causa, per
simulationem ædilitatis, domum deinde atque ad suas
villas auferebant. 7. Hæc omnia, quæ dixi, signa, judices,
ab Heio e sacrario Verres abstulit : nullum, inquam, horum reliquit, neque aliud ullum tamen (7), præter unum
pervetus ligneum, Bonam Fortunam, ut opinor; eam iste
habere domi suæ noluit.

CHAPITRE IV.

Proh deûm hominumque fidem ! quid hoc est? quæ
hæc causa est, quæ ista impudentia? Quæ dico signa,
antequam abs te sublata sunt, Messanam cum imperio
nemo venit quin viderit. Tot prætores, tot consules in Sicilia cum in pace, tum etiam in bello fuerunt ; tot homines cujusque modi : non loquor de integris, innocentibus,

tait l'usage des peuples soumis
aux Romains, que chacun se
plaçât sous la protection d'un
citoyen puissant, chargé d'ap-
puyer et de défendre ses inté-
rêts dans le sénat ou à l'assem-
blée du peuple. *Illis benignis
usus est*, comme ailleurs, *illos
habuit benignos*, il éprouva
leur complaisance. — 6. *Commoda hospitum*, choses prê-
tées par les hôtes. Isidore :
COMMODUM *est id quod nostri
juris est et ad alium tempora-*
liter translatum. L'expression
forte qui suit, *furtis nocentium*, semble une allusion au
luxe étalé, dans son édilité, par
Hortensius, le défenseur de
Verrès : car il ne se sera sans
doute pas, pour orner le forum,
abstenu « des larcins du coupable (*nocens*), » son ami.—7.
Neque aliud ullum tamen, au
moins ne (laissa-t-il) d'autre
que... *Tamen*, dans la signification de *certe*, se met ordinairement à la fin.

religiosis : tot cupidi, tot improbi, tot audaces : quorum nemo sibi tam vehemens, tam poteus, tam nobilis visus est, qui ex illo sacrario quicquam poscere aut tollere aut attingere auderet. Verres quod ubique erit pulcherrimum auferet? nihil habere cuiquam præterea licebit? tot domus locupletissimas domus istius una capiet? Idcirco nemo superiorum attigit, ut hic tolleret? ideo C. Claudius Pulcher retulit, ut C. Verres posset auferre?

Verrès prétendra-t-il que ces objets lui ont été vendus par Heïus? Mais il a eu tort de les acheter, il a violé les principes du gouvernement romain, qui défendent à tout gouverneur d'acheter quoi que ce soit dans sa province. sinon l'indispensable. Ensuite Ileïus n'était pas dans une position qui le forçât à se défaire d'un héritage sacré, surtout pour la somme que, d'après ses comptes, Verrès lui en a donnée. C'est donc une cession forcée, illégale, que Verrès a exigée de lui.

8. Sed quid ego tam vehementer invehor? Verbo uno repellar : *emi*, inquit. O dii immortales! præclaram defensionem! Mercatorem in provinciam cum imperio ac securibus (1) misimus, omnia qui signa, tabulas pictas, omne argentum, aurum, ebur, gemmas coemeret, nihil cuiquam relinqueret! Hæc enim mihi ad omnia defensio patefieri videtur, *emisse*. Primum, si id, quod vis, tibi ego concedam, ut emeris, quoniam in toto hoc genere hac una defensione usurus es : quæro, cujusmodi tu judicia Romæ putaris esse, si tibi hoc quemquam concessurum putasti, te in prætura atque imperio tot res, tam pretiosas, omnes denique res, quæ alicujus pretii fuerint, tota ex provincia coemisse.

CHAPITRE V.

9. Videte majorum diligentiam, qui nihildum etiam (1) istiusmodi suspicabantur; verumtamen ea, quæ parvis in

IV. 1. *Securibus.* La formule complète est *cum fasci-* *bus et securibus.*

V. 1. *Nihildum etiam*, en-

rebus accidere poterant, providebant. Neminen. qui cum, potestate aut legatione in provinciam esset profectus, tam amentem fore putarunt, ut emeret argentum (2); dabatur enim de publico : ut vestem ; præbebatur. enim legibus : mancipium putaverunt (3); quo et omnes utimur et non præbetur a populo. Sanxerunt, *ne quis emeret, nisi in demortui locum.* Si qui Romæ esset demortuus? Imo, si quis ibidem (4). Non enim te instruere domum tuam voluerunt in provincia, sed illum usum provinciæ supplere. 10. Quæ fuit causa, cur tam diligenter nos in provinciis ab emptionibus removerent? Hæc, judices : quod putabant ereptionem esse, non emptionem (5), quum venditori suo arbitratu vendere non liceret. In provinciis, intelligebant, si is qui esset cum imperio ac potestate, quod apud quemque esset, emere vellet, idque ei liceret, fore uti, quod quisque vellet, sive esset venale sive non esset, quanti vellet auferret.

Dicet aliquis : Noli isto modo agere cum Verre : noli ejus facta ad antiquæ religionis rationem exquirere : concede ut impune emerit, modo ut bona ratione emerit, nihil pro potestate, nihil ab invito, nihil per injuriam. Sic agam Si quid venale habuit Heius, si id, quanti æstimabat, tanti vendidit : desino quærere cur emeris.

CHAPITRE VI.

11. Quid igitur nobis faciendum est? non argumentis utendum in re ejusmodi ? Quærendum est, credo, Heius iste num æs alienum habuerit, num auctionem fecerit : si fecit, num tanta difficultas eum rei numariæ tenuerit,

---

core rien. — 2. *Argentum.* C'est ce qu'on appelait *vasarium.* — 3. *Putaverunt,* s.-ent. *eum empturum.* — 4. *Ibidem,* savoir, *in provincia.* Scipion l'Africain, allant prendre le gouvernement de sa province, perdit en route un de

ses esclaves : il écrivit aussitôt à Rome pour charger ses amis de lui en acheter un autre et de le lui envoyer. — 5. *Ereptionem... emptionem.* Cette similitude de son, qui fait ressortir davantage l'opposition des idées, se nomme *adnominatio.*

tanta egestas, tanta vis presserit, ut sacrarium suum spo-
liaret, ut deos patrios venderet. At hominem video auctionem fecisse nullam ; vendidisse præter fructus suos nihil
unquam; non modo in aere alieno nullo, sed in suis numis multis esse et semper fuisse (1) ; si hæc contrà ac
dico essent omnia, tamen illum hæc, quæ tot annos in familia sacrarioque majorum fuissent, venditurum non
fuisse. Quid, si magnitudine pecuniæ persuasum est (2)?
Veri simile non est ut ille homo tam locuples, tam ho-
nestus, religioni suæ monumentisque majorum pecuniam
anteponeret. 12. Sunt ista (3) : verumtamen abducuntur
homines nonnunquam etiam ab institutis suis magnitudine pecuniæ. Videamus quanta ista pecunia fuerit, quæ
potuerit Heium, hominem maxime locupletem, minime
avarum, ab humanitate, a pietate (4), a religione dedu-
cere. Ita jussisti, opinor, ipsum in tabulas referre : *hæc*
omnia signa Praxiteli, Myronis, Polycleti HS (5) *VI*
milibus et Io C. Verri vendita. S.E.D. (6) Retulit. Recita ex tabulis.

Juvat me hæc præclara nomina artificum, quæ isti (7)
ad cœlum ferunt, Verris æstimatione sic concidisse.
Cupidinem Praxiteli HS cIo Ioc! Profecto hinc natum est
Malo emere quam rogare (8).

VI. 1. *In suis numis esse,*
posséder de l'argent comptant.
Il se trouve un passage tout
semblable dans la harangue
pour le comédien Roscius, ch.
8, § 21 : *Egebat ? Imo locu-*
ples erat. Debebat ? Imo in
suis numis versabatur. — 2.
Persuasum est, s.-ent. *ei a*
Verre. — 3. *Sunt ista*, etc.
Nouvelle réplique que Cicéron
se fait. — 4. *A pietate*, la
piété envers ses parents, des-
quels il avait hérité ce sanctuaire. (Voyez les derniers mots
du chap. VII.) Dissiper l'héritage de ses pères était regardé
comme *impietas.* — 5. HS. signifie *sestertiorum.* Le sesterce
valait environ 18 centimes. CIɔ
est *mille ;* Iɔ (ou D), 500. —
6. C'est ainsi que M. Orelli
écrit le mot *sed,* qui n'a pas de
sens ici. Il explique S. E. D.
par *summa est data ;* mais il
préférerait la formule ordinaire,
S. E. P., *soluta est pecunia.*
—7. *Isti,* ces connaisseurs qui
cherchaient à se les procurer
per fas et nefas. — 8. *Malo*
emere quam rogare, « j'aime
mieux acheter que demander : »
c'est ce que disaient les riches,
qui croyaient s'humilier en de-

CHAPITRE VII.

13. Dicet aliquis, Quid? tu ista permagno æstimas?
Ego vero ad meam rationem usumque meum non æstimo :
verumtamen a vobis ita arbitror spectari oportere, quanti
hæc eorum judicio, qui studiosi sunt harum rerum, æstimentur ; quanti vênire soleant ; quanti hæc ipsa, si palam
libereque vênirent, vênire possent ; denique ipse Verres
quanti æstimet. Nunquam, si x. cccc (1) Cupidinem illum
putasset, commisisset ut propter eum in sermonem hominum atque in tantam vituperationem veniret. 14. Quis
vestrûm igitur nescit, quanti hæc æstimentur ? In auctione
signum æneum non maximum HS xL milibus vênire non
vidimus ? Quid, si velim nominare homines, qui aut non
minoris, aut etiam pluris emerint ? nonne possum ? Etenim
qui modus est in his rebus cupiditatis, idem est æstima-
tionis ; difficile est enim finem facere (2) pretio, si libidini
non feceris. Video igitur Heium neque voluntate, neque
difficultate aliqua temporis, nec magnitudine pecuniæ
adductum esse ut hæc signa venderet ; teque ista simula-
tione emptionis vi, metu, imperio, fascibus, ab homine
eo, quem una cum ceteris sociis non solum potestati tuæ,
sed etiam fidei populus Romanus commiserat, eripuisse
atque abstulisse.

Voilà ce qui résulte des dépositions faites par le chef de l'ambassade que les Mamertins nous adressent en faveur de Verrès.
C. Heïus est le premier à réclamer les statues de ses dieux.

15. Quid mihi tam optandum, judices, potest esse in
hoc crimine, quam ut hæc eadem dicat ipse Heius ? Nihil
profecto : sed ne difficilia optemus. Heïus est Mamertinus :
Mamertina civitas istum publice communi consilio sola

mandant qu'on leur donnât
quelque chose. Trait mordant
contre Verrès, qui avait forcé
Heïus à céder ses statues à vil
prix.
VII. 1. X. CCCC, c'est-à-
dire, *denariorum quadringen-
torum*. Le denier valait dans
l'origine 10 as ou 4 sesterces ;
plus tard, on lui donna 16 as
ou 6 sesterces, la valeur de la
drachme grecque. — 2. *Finem*

laudat : omnibus iste ceteris Siculis odio est ; ab his solis amatur : ejus autem legationis, quæ ad istum laudandum missa est, princeps est Heius : (etenim est primus civitatis :) ne forte (3), dum publicis mandatis serviat, de privatis injuriis reticeat. 16. Hæc quum scirem et cogitarem, commisi (4) tamen, judices, Heio : produxi eum prima actione : neque id tamen ullo periculo feci. Quid enim poterat Heius respondere, si esset improbus, si sui dissimilis? Esse illa signa domi suæ, non esse apud Verrem? Qui poterat quicquam ejusmodi dicere? Ut (5) homo turpissimus esset impudentissimeque mentiretur, hoc diceret, illa se habuisse venalia, eaque se, quanti voluerit, vendidisse. Homo domi suæ nobilissimus, qui vos de religione sua ac dignitate vere existimare maxime vellet, primo dixit se istum publice laudare, quod sibi ita mandatum esset : deinde neque se illa habuisse venalia neque ulla conditione, si, utrum vellet, liceret, adduci unquam potuisse ut venderet illa, quæ in sacrario fuissent a majoribus suis relicta et tradita.

CHAPITRE VIII.

17. Quid sedes, Verres? quid exspectas? quid te a Centuripina civitate, a Catinensi, ab Halæsina, Tyndaritana, Hennensi, Agyrinensi (1), ceterisque Siciliæ civita-

facere, assigner des limites.— 3. *Ne forte,* s.-ent. *timendum est,* ou *timeo.* Cette idée de crainte est assez souvent renfermée dans les particules *ne* et μή. — 4. *Commisi,* s.-ent. *rem,* je m'en suis remis à... Dans ce cas, *committere* se lit plus souvent sans régime; p. ex., dans la seconde harangue *sur la loi agraire,* ch. 8, § 20 : *Universo populo neque ipse committit neque illi horum consiliorum auctores committi recte putant posse.* — 5. *Ut,* supposé que. .

VIII. 1. *Centuripa,* τὰ Κεντόριπα, ville dans le *Val di Demona,* auj. *Centorbi. Catina* ou *Catana,* dans le même district, auj. *Catania. Halæsa,* auj., selon quelques-uns, *Tusa,* dans l'intendance de Palerme. *Tyndaris,* ville ma-

tibus circumveniri atque opprimi dicis? tua te altera patria, quemadmodum dicere solebas, Messana circumvenit :
tua, inquam, Messana, tuorum adjutrix scelerum, libidinum testis, prædarum ac furtorum receptrix. Adest enim
vir amplissimus ejus civitatis, legatus hujus judicii causa
domo missus, princeps laudationis tuæ : qui te publice
laudat : ita enim mandatum atque imperatum est (tametsi
rogatus de cybæa (2) tenetis memoria quid responderit :
ædificatam publicis operis, publice coactis, eique ædificandæ publice Mamertinum senatorem præfuisse) : idem
ad vos privatim, judices, confugit : utitur hac lege (3),
qua judicium est, communi arce sociorum. Tametsi lex
est de pecuniis repetundis, ille se negat pecuniam repetere, quam ereptam non tantopere desiderat : sacra se
majorum suorum repetere abs te dicit : deos penates te
patrios reposcit. 18. Ecqui pudor est? ecquæ religio,
Verres? ecqui metus? Habitasti apud Heium Messanæ :
res illum divinas apud eos deos in suo sacrario prope quotidiano (4) facere vidisti : non movetur pecunia : denique
quæ ornamenti causa fuerunt, non requirit : tibi habe
Canephoros : deorum simulacra restitue.

Quæ quia dixit, quia tempore dato modeste apud vos
socius amicusque populi Romani questus est; quia religioni suæ non modo in diis patriis repetendis, sed etiam

---

ritime dans le nord de l'île, bâtie
par Denys l'ancien, plus tard
détruite par l'irruption de la
mer. *Henna* ou *Enna*, célèbre
par son temple de Cérès, pas-
sait pour le point central de
l'île, aujourd'hui *Castrogiovan-
ni*. *Agyrium* ou *Argyrium*,
aujourd'hui *Felippo d'Argiro*,
dans l'intendance de Catane.
— 2. *Rogatus de cybæa...*,
voyez le *de Suppliciis*, ch. 17,
§ 44. *Cybæa*, de χύβη (pour
χύμβη), χύπη, *cupa*, un vaisseau de transport rond, en forme de coupe. Un grand nombre
de coupes et de vaisseaux d'es-
pèces diverses ont en grec le
même nom. — 3. *Hac lege* :
il s'agit de la *lex socialis*, di-
rigée principalement contre les
extorsions (*pecuniæ repetun-
dæ*, c.-à-d. argent à réclamer,
parce qu'il avait été extorqué).
Dans la *Divinatio* (la première
des Verrines), ch. 5, Cicéron
dit : *Lex socialis est : hanc
habent arcem (socii)*. — 4.
Quotidiano (s.-ent. *tempore*)
pour *quotidie*, de même que

in ipso testimonio ac jurejurando proximus (5) fuit : hominem missum ab isto scitote esse Messanam de legatis
unum, illum ipsum qui navi istius ædificandæ publice
præfuit, qui a senatu peteret ut Heius afficeretur ignominia (6).

CHAPITRE IX.

Quel cas faut-il faire de cette bruyante ambassade? Peut-elle
nier d'ailleurs que Verrès n'ait choisi Messine comme l'entrepôt
de son butin? N'a-t-il pas fait construire un grand vaisseau de
charge dans le port, payé la connivence par des priviléges, enfin
formé avec les Mamertins une véritable association de pirates? Là
était le théâtre de leurs exécutions : un citoyen romain a péri sur
une croix, et Messine, cette ville jadis si paisible, s'est oubliée
jusqu'à faire insulte au sénat romain dans la personne d'un de ses
membres.

19. Homo amentissime, quid putasti? impetraturum
te? quanti is a civibus suis fieret, quanti auctoritas ejus
haberetur, ignorabas? Verum fac te impetravisse; fac
aliquid gravius in Heium statuisse Mamertinos : quam
putas auctoritatem laudationis eorum futuram, si in eum,
quem constet verum pro testimonio dixisse, pœnam con-
stituerint?

Tametsi quæ est laudatio ista, quom laudator interro-
gatus lædat necesse est? Quid? isti laudatores tui non
testes mei sunt? Heius est laudator : læsit gravissime.
Producam ceteros : reticebunt, quæ poterunt, libenter :
dicent, quæ necesse erit, ingratis. Negent isti onerariam
navem maximam ædificatam esse Messanæ? negent, si

---

hesterno, matutino p. *heri,*
mane. — 5. *Religioni proxi-*
mus fuit, m. à m. a suivi sa
conscience de près, a suivi les
inspirations de sa conscience,
ne s'en est pas écarté.— 6. *Ut*
H. afficeretur ignominia, comme s'étant mal acquitté de son *....is.*

ambassade. Les ambassadeurs
(πρέσβεις), à leur retour,
étaient tenus de rendre compte
de leur conduite ; et s'ils n'a-
vaient pas bien rempli leur mis-
sion, ils étaient accusés παρα-
πρεσβείας, *male actæ lega-*
tionis.

possunt. Negent ei navi (1) senatorem Mamertinum publice
præfuisse? utinam negent! Sunt etiam cetera, quæ malo
integra reservare, ut quam minimum dem illis temporis
ad meditandum confirmandumque perjurium. 20. Hæc
tibi laudatio procedat in numerum (2) : hi te homines
auctoritate sua sublevent, qui te neque debent adjuvare,
si possint, neque possunt, si velint; quibus tu privatim
injurias plurimas contumeliasque imposuisti : quo in oppido multas familias totas in perpetuum infames tuis flagitiis, fecisti. At publice commodasti (3). Non sine magno
quidem rei publicæ provinciæque Siciliæ detrimento. Tritici modiûm LX milia empta populo Romano dare debe-
bant et solebant : abs te solo remissum est. Res publica
detrimentum fecit, quod per te imperii jus in una civitate
imminutum est ; Siculi (4), quod ipsum non de summa
frumenti detractum est, sed translatum in Centuripinos
et Halæsinos, immunes populos, et hoc (5) plus imposi-
tum, quam ferre possent. 21. Navem imperare debuisti
ex fœdere : remisisti in triennium : militem nullum unquam poposcisti per tot annos. Fecisti item ut prædones (6)
solent : qui quum hostes communes sint omnium, tamen
aliquos sibi instituunt amicos, quibus non modo parcant,
verum etiam præda quos augeant, et eos maxime, qui
habent oppidum opportuno loco, quo sæpe adeundum sit
navibus, nonnunquam etiam necessario.

IX. 1. *Navi*, s.-ent. *faciun-
dæ.* — 2. *In numerum* (opposé
à *extra numerum*), m. à m. en
mesure, comme dans Virgile :
Brachia tollunt in numerum.
De là, régulièrement, en règle,
comme il faut (selon l'idée de
Verrès). *Procedere*, réussir. —
3. *Commodare*, c'est-à-dire,
commoda afferre, utilem esse.
— 4. *Siculi*, supp. *detrimentum fecerunt. Ipsum*, savoir,
frumentum, celui que les Mes-
saniens étaient tenus de livrer.
— 5. *Hoc*, ablatif, appliqué au
cas spécial dont il s'agit, plus
précis que *eo*, employé partout
ailleurs. — 6. *Prædones*, les
pirates, comme on voit par la
suite. Comparez ces mots du *de
Officiis*, III, ch. 29 : *Pirata
non est perduellium numero
definitus, sed communis hostis
omnium.*

CHAPITRE X.

Phaselis (1) illa, quam cepit P. Servilius, non fuerat urbs antea Cilicum et prædonum : Lycii illam, Græci homines, incolebant. Sed quod erat ejusmodi loco, atque ita projecta in altum (2), ut et exeuntes e Cilicia prædones sæpe ad eam necessario devenirent, et quum se ex hisce locis reciperent, eodem deferrentur, asciverunt sibi illud oppidum piratæ, primo commercio, deinde etiam societate. 22. Mamertina civitas improba antea non erat : etiam erat inimica improborum : quæ C. Catonis, illius qui consul fuit, impedimenta retinuit : at cujus hominis! clarissimi ac potentissimi ; qui tamen quum consul fuisset, condemnatus est. Ita C. Cato, duorum hominum clarissimorum nepos, L. Paulli, et M. Catonis, et P. Africani sororis filius, quo damnato, tunc, quum judicia fiebant (3), HS IIII milibus lis æstimata est. Huic Mamertini irati fuerunt : qui majorem sumptum, quam quanti Catonis lis æstimata est, in Timarchidi (4) prandium sæpe fecerunt. 23. Verum hæc civitas isti prædoni ac piratæ Siciliensi

X. 1. *Phaselis*, etc. Par un exemple historique, l'orateur fait ressortir davantage ce qu'il vient d'avancer. Φασηλίς était une ville considérable sur les confins de la Lycie et de la Pamphylie. Publius Servilius Vatia Isauricus, envoyé contre les pirates avant Pompée, détruisit cette ville. — 2. *Projecta in altum*, avancée dans la mer. — 3. *Tunc, quum judicia fiebant*, s.-ent. *de repetundis*. Les extorsions des magistrats romains dans les provinces se multipliaient de plus en plus, et il devenait de plus en plus difficile aux sujets de Rome d'obtenir justice. Cicéron l'exprime ici et au ch. 59, § 133, dans les mêmes termes : *tunc quum judicia fiebant;* ce serait les affaiblir que d'ajouter le mot *severiora,* comme l'ont fait plusieurs éditeurs. (Comparez ce qui est dit au § 133.) Caton avait été condamné pour avoir extorqué des sommes pendant son administration en Macédoine; voy. Velleius Pat. II, ch. 8. — *Æstimatio litis* est l'évaluation que l'accusateur fait de la peine encourue, selon lui, par l'accusé. On ignore quelle était la cause de la colère des Mamertins contre Caton. — 4. Timarchide était un affranchi de Verrès et son employé (*ac-*

Phaselis fuit. Hnc omnia undique deferebantur ; apud istos relinquebantur ; quod celari opus erat, habebant se-positum et reconditum ; per istos, quæ volebat, clam im-ponenda (5), occulte exportanda curabat; navem denique maximam, quam onustam furtis in Italiam mitteret, apud istos faciendam ædificandamque curavit : pro hisce rebus vacatio data est ab isto sumptus, laboris, militiæ, rerum denique omnium : per triennum soli non modo in Sicilia, verum , ut opinio mea fert, his quidem temporibus , in omni orbe terrarum, vacui, expertes, soluti ac liberi fue-runt ab omni sumptu , molestia , munere. 24. Hinc illa Verria (6) nata sunt : quod in convivium Sextum Comi-nium protrahi jussit, in quem scyphum de manu jacere conatus est, quem obtorta gula de convivio in vincla at-que in tenebras abripi jussit. Hinc illa crux in quam iste civem Romanum (7), multis inspectantibus, sustulit : quam non ausus est usquam defigere, nisi apud eos, qui-buscum omnia scelera sua ac latrocinia communicavit.

CHAPITRE XI.

Laudatum etiam vos quenıquam venitis? qua aucto-ritate? utrum, quam apud senatum, an quam apud po-pulum Romanum habere debetis? 25. Ecqua civitas est, non in provinciis nostris, verum in ultimis nationibus, aut tam potens, aut tam libera, aut etiam tam immanis ac barbara; rex denique ecquis est, qui senatorem po-puli Romani tecto ac domo non invitet? qui honos non homini solum habetur, sed primum populo Romano ,

census). — 5. *Imponenda ,* s.-ent. *in navem (cybæam).* — 6. *Verria,* Βεῤῥεῖα, festin eu l'honneur de Verrès. C'est une dérivation grecque, comme p. ex. ἐπικουρεῖα , festin que les Épicuriens célébraient l'an-niversaire de la naissance d : leur maitre. *Quod in conv :-vium,* le repas qui suivait le sa-crifice dans cette fête. — 7. *Civem Romanum,* Publius Ga-bius, de Cosa (en Étrurie) : voy. *de Suppliciis,* ch. 61.

cujus beneficio nos in hunc ordinem (1) venimus, deinde
ordinis auctoritati, quæ nisi gravis erit apud socios et
exteras nationes, ubi erit imperii nomen et dignitas?
Mamertini me publice non invitarunt. Me quum dico,
leve est : senatorem populi Romani si non invitarunt,
honorem debitum detraxerunt non homini, sed ordini.
Nam ipsi Tullio patebat domus locupletessima et amplissima Cn. Pompeii Basilisci, quo, etiamsi esset invitatus a
vobis, tamen devertisset : erat etiam Percenniorum, qui
nunc item Pompeii sunt (2), domus honestissima, quo
Lucius frater meus (3) summa illorum voluntate devertit.
Senator populi Romani, quod in vobis fuit, in vestro oppido jacuit (4) et pernoctavit in publico. Nulla hoc civitas unquam alia commisit. Amicum enim nostrum in judicium vocabas (5). Tu, quid ego privatim negotii geram,
interpretabere imminuendo honore senatorio? 26. Verum
hæc tum queremur, si quid de vobis per eum ordinem
agetur, qui ordo a vobis adhuc solis contemptus est. In
populi Romani quidem conspectum quo ore vos commi-
sistis? nec prius illam crucem, quæ etiamnunc civis

XI. 1. *Populi beneficio nos
in hunc ordinem (senatorium)
venimus.* Le peuple nommait
les magistrats (édiles, prêteurs,
consuls, etc.) ; et ceux qui
avaient passé par les divers de-
grés de magistrature (*honores*)
devenaient, par ce seul fait, sénateurs. Voilà ce qui autorise
Cicéron à regarder la dignité
de sénateur comme un bien-
fait du peuple. Comp. l'oraison
contre Sestius, § 137. La dif-
férence entre *socii* et *exteræ
nationes* est indiquée par Cicéron lui-même, au chap. 60,
§ 151. — 2. *Qui nunc item
Pompei sunt. Item,* ainsi que
Basiliscus. Le grand Pompée
leur avait fait accorder le droit
de cité, et, suivant l'usage, ces
nouveaux citoyens romains a-
joutaient à leur nom celui de
leur patron. — 3. *Lucius frater meus,* s.-ent. *patruelis,*
cousin, fils de l'oncle paternel
de Cicéron. Il avait accompa-
gné l'orateur dans son voyage
en Sicile, lors de l'enquête sur
les actes de Verrès. — 4. *Jacuit* pour *humilis fuit.* — 5.
Amicum enim..., réplique de
la ville de Messane. *Enim,*
comme γάρ en grec, indique
une idée sous-entendue : natu-
rellement ; ou, nous pouvions
en agir ainsi, *car...* Dans de
tels cas, *enim* répond assez au
mais français dans ce sens :
mais tu intentais un procès à

Romani sanguine redundat, quæ fixa est ad portum ùr-
bemque vestram, revellistis, neque in profundum abjeci-
stis, locumque illum omnem expiastis, quàm Romam atque
in horum conventum adiretis? in Mamertinorum solo fœ-
derato atque pacato monumentum istius crudelitatis constitutum est. Vestrane urbs electa est, ad quam quum
adirent ex Italia, crucem civis Romani prius, quam quemquam amicum populi Romani viderent? quam vos Rhe-
ginis (6), quorum civitati invidetis, itemque incolis vestris, civibus Romanis, ostendere soletis, quo minus sibi
arrogent minusque vos despiciant, quum videant jus civitatis illo supplicio esse mactatum.

CHAPITRE XII.

Verrès a payé les statues d'Heïus : soit ; mais ces tapis qu'il
s'est fait envoyer à Agrigente, et dont Ileïus (il l'a avoué à l'au-
dience) attend encore à cette heure le retour. Quelle sorte de
transaction est-ce là ?

27. Verum hæc (1) emisse te dicis. Quid? illa Attalica
tota Sicilia nominata ab eodem Heio peripetasmata (2)
emere oblitus es? Licuit eodem modo, ut signa. Quid
enim actum est (3)? an litteris pepercisti? Verum hominem amentem hoc fugit : minus clarum putavit fore, quod
de armario, quam quod de sacrario esset ablatum. At
quomodo abstulit? non possum dicere planius, quam ipse
apud vos dixit Heius. Quum quæsissem, numquid aliud

notre ami. — 6. *Rhegium*, à
l'extrémité S.-E. de l'Italie,
auj. *Reggio*.

XII. 1. *Hæc*, s.-ent. *signa
Heii*. L'orateur revient à son
sujet. — 2. *Attalica* περιπε-
τάσματα, tapisseries brodées
d'or. Pline, *Hist. nat.* VIII,
ch. 72 : *Aurum intexere in
Asia invenit Attalus rex* (roi

de Pergame) : *unde nomen At-
talicis*. — *Totá Siciliá nominata*, citées dans toute la Sicile, renommées. — 3. *Quid
enim actum est?* pour *profe-
ctum*. A quoi cela t'a-t-il servi
(de ne pas acheter en même
temps ces célèbres tapisseries,
que tu pouvais avoir à aussi vil
prix que les statues) ? As-tu,

de bonis ejus pervenisset ad Verrem, respondit, istum ad
se misisse, ut sibi mitteret Agrigentum (4) peripetasmata.
Quæsivi, an misisset : respondit id, quod necesse erat
scilicet, dicto audientem fuisse prætori ; misisse. Rogavi,
pervenissentne Agrigentum : dixit pervenisse. Quæsivi,
quemadmodum revertissent : negavit adhuc revertisse.
Risus populi atque admiratio omnium vestrum facta est.
Hic tibi in mentem non venit jubere ut hæc quoque re-
ferret HS vi milibus io se tibi vendidisse? metuisti ne
æs alienum tibi cresceret, si HS vi milibus io tibi consta-
rent ea, quæ tu facile posses vendere HS ducendis milibus?
Fuit tanti, mihi crede : haberes quod defenderes : nemo
quæreret quanti illa res esset : si modo te posses docere
emisse, facile cui velles tuam causam et factum probares :
nunc de peripetasmastis quemadmodum te expedias, non
habes.

Ces riches harnais qui ont été enlevés si adroitement à Phylarque de Centuripe, est-ce encore le résultat d'un achat ?

29. Quid? a Phylarcho Centuripino, homino locuplete
ac nobili, phaleras pulcherrime factas, quæ regis Hieronis
fuisse dicuntur, utrum tandem abstulisti, an emisti? In
Sicilia quidem quum essem, sic a Centuripinis, sic a ceteris audiebam (non enim parum res erat clara) : tam te has
phaleras a Phylarcho Centuripino abstulisse dicebant,
quam alias item nobiles ab Aristo Panormitano (5), quam
tertias a Cratippo Tyndaritano. Etenim si Phylarchus
vendidisset, non ei, posteaquam reus factus es, redditurum te promisisses. Quod quia vidisti plures scire, cogi-
tasti, si ei reddidisses, te minus habiturum, rem nihi-
lominus testatam futuram : non reddidisti. Dixit Phylarchus pro testimonio, se, quod nosset tuum istum
morbum, ut amici tui appellant, cupisse te celare de pha-
leris : quum abs te appellatus esset, negasse habere sese :
apud alium quoque eas habuisse depositas, ne qua inve-

par hasard, voulu t'épargner la   tum, dans le N.-O. de la Sicile,
peine d'écrire ? — 4. *Agrigen-*   auj. *Girgenti.* — 5. Panorme

nirentur : tuam tantam fuisse sagacitatem, ut eas per
illum ipsum inspiceres, ubi (6) erant depositæ : tum se
deprehensum negare non potuisse : ita ab se invito phaleras ablatas gratis.

———

CHAPITRE XIII.

Il fallait découvrir l'existence des objets d'art. Verrès a pris à
son service deux artistes de Cibyre, perdus de réputation, qu'il a
chargés de la chasse aux trésors, et qui chassaient bien aussi pour
leur compte. Grâce à eux, Pamphile de Lilybée, qui s'était vu
enlever une amphore (hydria) de Boethe, a sauvé deux petites
coupes ; il est vrai qu'il a promis à ces deux hommes mille sesterces.

30. Jam, ut hæc omnia reperire ac perscrutari solitus sit,
judices, est operæ pretium cognoscere. Cibyratæ (1) sunt
fratres quidam, Tlepolemus et Hiero : quorum alterum
fingere opinor e cera solitum esse, alterum esse pictorem.
Hosce opinor, Cibyræ quum in suspicionem venissent
suis civibus fanum expilasse Apollinis, veritos pœnam judicii ac legis, domo profugisse. Quod Verrem artificii sui
cupidum cognoverant tum, quum iste, id quod ex testibus didicistis, Cibyram cum inanibus syngraphis (2) venerat, domo fugientes ad eum se exules, quum iste esset
in Asia, contulerunt. Habuit eos secum ab illo tempore,
et in legationis prædis atque furtis multum illorum opera

(Panhormus), dans le N.-E.
de la Sicile, auj. Palerme.—6.
Ubi pour apud quem. De même, ch. 18, apud eos, quo se
contulit, pour ad quos. Inspicere, parvenir à l'inspection de
quelque chose, découvrir.

XIII. 1. Cibyra, ville de la
Grande Phrygie ; plus tard, elle
adopta le nom de Cæsarea.—
2. Inanes syngraphæ, des

obligations dans lesquelles les
noms étaient laissés en blanc.
Verrès se servait des deux artistes pour les leur faire remplir
des noms de ceux dont il con-
voitait la fortune. On ne sait rien
de précis sur cette affaire, et
l'on ne saurait dire si elle était
liée à celle de l'héritage de
Malleolus, rapportée par Cicéron dans le premier discours

consilioque usus est. 31. Hi sunt illi, quibus in tabulis
refert sese Q. Tadius (3) dedisse jussu istius Græcis picto-
ribus. Eos jam bene cognitos et re probatos secum in Siciliam duxit. Quo posteaquam venerunt, mirandum in
modum (canes venaticos diceres) ita odorabantur omnia
et pervestigabant, ut, ubi quidque esset, aliqua ratione
invenirent. Aliud minando, aliud pollicendo, aliud per
servos, aliud per liberos, per amicum aliud, aliud per
inimicum inveniebant : quicquid illis placuerat, perden-
dum erat. Nihil aliud optabant quorum poscebatur argentum (4), nisi ut id Hieroni et Tlepolemo displiceret.

CHAPITRE XIV.

32. Verum mehercule hoc, judices, dicam. Memini
Pamphilum Lilybætanum (1), amicum et hospitem meum,
nobilem hominem, mihi narrare, quum iste ab sese hy-
driam Boethi (2) manu factam, præclaro opere et grandi
pondere, per potestatem abstulisset, se sane tristem et
conturbatum domum revertisse, quod vas ejusmodi, quod
sibi a patre et majoribus esset relictum, quo solitus esset
uti ad festos dies, ad hospitum adventus, a se esset ablatum. Quum sederem, inquit, domi tristis, accurrit Vene-
rius (3) : jubet me scyphos sigillatos ad prætorem statim

contre Verrès, ch. 30. — 3.
Quintus Tadius était le questeur de Verrès. Remarquez dans
cette phrase l'attraction, au
lieu de : *Hi sunt illi Græci
pictores, quibus sese dedisse
refert T.* — 4. *Argentum*,
suppléez ici et souvent par la
suite du discours *cælatum*, de
l'argenterie ciselée.
    XIV. 1. *Lilybæum*, ville à
l'extrémité occidentale de la
Sicile, auj. *Marsala.* — 2.

Boethus, Βόηθος, célèbre sta-
tuaire et ciseleur de Chalcédoine
(et non de Carthage). — 3. *Ve-
nerius. Venerii* ou *Venerii
servi* (au ch. 46), *servi* (ἱερό-
δουλοι) *Veneris Erycinæ*, esclaves dans le temple de Vénus
sur l'Éryx, montagne dans
l'ouest de l'ile, auj. *Monte di
Trapano.* Cette communauté se
rendait complice des extorsions
de Verrès, d'après ce que Cicéron en dit au troisième disc.,

2

afferre. Permotus sum, inquit : binos habebam : **jubeo**
promi utrosque, ne quid plus mali nasceretur, et mecum
ad prætoris domum ferri. Eo quum venio, prætor quie-
scebat : fratres illi Cibyratæ inambulabant. Qui me ubi
viderunt, Ubi sunt, Pamphile, inquiunt, scyphi? Ostendo
tristis. Laudant. Incipio queri, me nihil habiturum, quod
alicujus esset pretii, si etiam scyphi essent ablati. Tum
illi, ubi me conturbatum vident : Quid vis nobis dare, ut
isti abs te ne auferantur? Ne multa (4), sestertios cɔ me,
inquit, poposcerunt : dixi me daturum. Vocat interea
prætor : poscit scyphos. Tum illos cœpisse prætori dicere, putasse se, id quod audissent, alicujus pretii scyphos esse Pamphili : luteum (5) negotium esse; non di-
gnum, quod in suo argento Verres haberet. Ait ille, idem
sibi videri. Ita Pamphilus scyphos optimos aufert.

33. Et mehercule ego antea, tametsi hoc nescio quid
nugatorium sciebam esse, ista intelligere (6), tamen mirari solebam, istum in his ipsis rebus aliquem sensum
habere ; quem scirem nulla in re quicquam simile hominis habere.

CHAPITRE XV.

Cette maladie de convoitise qui possède Verrès est si forte,
que, déjà sous le coup de l'accusation, dernièrement dans une
réunion chez Sisenna, il n'a pu en réprimer un accès : qu'on pense
ce que ce devait être en Sicile.

Tum primum intellexi, ad eam rem istos fratres Ciby-
ratas fuisse, ut iste in furando manibus suis, oculis illorum uteretur. At ita studiosus est hujus præclaræ existi-

---

ch. 20 : *Venerios servos, quod
isto prætore fuit novum genus
publicanorum. Sigillati,* ornés
de ciselures qu'on y avait ap-
pliquées (ἐμβλήματα). Au ch.
17 : *Scaphia cum emblematis;* au ch. 21, Verrès renvoie un

encensoir, *evulso emblemate.*
— 4. *Ne multa,* s.-ent. *dicam :* bref.— 5. *Luteum,* mi-
sérable.— 6. *Ista intelligere :*
ces mots sont l'explication de
hoc, ajoutée sous forme d'ap-
position.

mationis, ut putetur in hisce rebus intelligens esse, ut
nuper (videte hominis amentiam) posteaquam est comperendinatus, quum jam pro damnato mortuoque (1) esset,
ludis Circensibus mane apud L. Sisennam (2), virum pri-
marium, quum essent triclinia strata argentumque expo-
situm in ædibus; quum pro dignitate L. Sisennæ domus
esset plena hominum honestissimorum : accessit ad argentum, contemplari unumquidque otiose et considerare
cœpit. Mirati stultitiam alii, quod in ipso judicio, ejus
ipsius cupiditatis, cujus insimularetur, suspicionem au-
geret; alii amentiam, cui comperendinato, quum tam
multi testes dixissent, quicquam illorum venisset in mentem. Pueri (3) autem Sisennæ, credo qui audissent quæ
in istum testimonia dicta essent, oculos de isto nusquam
dejicere, neque ab argento digitum (4) discedere. 34. Est
boni judicis, parvis ex rebus conjecturam facere uniuscujusque et cupiditatis et continentiæ. Qui reus, et reus
lege comperendinatus, re et opinione hominum pæne
damnatus, temperare non potuerit maximo conventu,
quin L. Sisennæ argentum tractaret et consideraret; hunc
prætorem in provincia quisquam putabit a Siculorum argento cupiditatem aut manus abstinere potuisse?

CHAPITRE XVI.

C'est par de tels moyens qu'il a enlevé la vaisselle de Dioclès
de Lilybée. Qu'il ne dise pas qu'il l'a achetée; il n'a point de
livres de comptes pour ces dernières années; ceux des années
précédentes ne font pas mention de cet achat; c'en est assez pour
infirmer ce qu'il avance.

35. Verum, ut Lilybæum, unde digressa est oratio, re-
vertamur, Diocles est, Pamphili gener illius, a quo hydria

XV. 1. *Mortuo*, dans le sens figuré, *perdu*. — 2. *L. Sisenna*, historien célèbre, était alors édile; il paraît qu'il y eut chez lui une grande réunion avant l'ouverture des jeux du Cirque, dont il faisait les frais. — 3. *Pueri*, pour *servi*. — 4. *Digitum*, ailleurs *digitum latum* : p. *ne minimùm quidem*.

ablata est, Popillius cognomine. Ab hoc abaci vasa omnia, ut exposita fuerant, abstulit. Dicat se licet emisse :
etenim hic propter magnitudinem furti sunt litteræ, ut
opinor, factæ. Jussit Timarchidem æstimare argentum.
Quo modo? Quo qui unquam tenuissime in donationem
histrionum (1) æstimavit.

Tametsi jamdudum ego erro, qui tam multa de tuis
emptionibus verba faciam, et quæram, utrum emeris
necne, et quomodo et quanti emeris : quod verbo trans-
igere possum. Ede mihi scriptum, quid argenti in provincia Sicilia pararis, unde quidque aut quanti emeris.
36. Quid fit? quamquam non debebam ego abs te has litteras poscere : me enim tabulas tuas habere et proferre
oportebat (2). Verum negas te horum annorum aliquot (3)
confecisse. Compone hoc, quod postulo, de argento; de
reliquo videro. *Nec scriptum habeo, nec possum edere.*
Quid futurum igitur est? Quid? existimas hoc judices
facere posse? Domus plena signorum pulcherrimorum
jam ante præturam : multa ad villas tuas posita, multa
deposita apud amicos, multa aliis data atque donata : tabulæ nullum indicant emptum. Omne argentum ablatum
ex Sicilia est; nihil cuiquam, quod suum dici vellet, relictum : fingitur improba defensio, prætorem omne id argentum coemisse; tamen id ipsum tabulis demonstrari
non potest. Si quas tabulas profers, in his, quæ habes (4),
quomodo habeas, scriptum non est, horum autem tem-

XVI. 1. *Qui unquam te-
nuissime in donationem histrionum æstimavit :* allusion
à une coutume que nous ne
connaissons pas. Il paraît que
la loi interdisait aux édiles de
dépasser une certaine somme
fixée pour les gratifications ac-
cordées par eux aux acteurs qui
avaient le mieux rempli leurs
rôles, et que le luxe et le prix
des artistes ayant considérable-
ment augmenté à Rome, les
édiles éludaient la loi en faisant
estimer ces dons beaucoup au-
dessous de leur valeur réelle.
— 2. *Me oportebat,* j'aurais
dû. Le préteur Glabrion avait
ordonné de livrer ces pièces à
Cicéron, mais Verrès n'en avait
rien fait. — 3. *Horum annorum aliquot,* s.-ent. *tempore,
depuis ces quelques dernières
années.* — 4. *In his quæ
habes,* sous-entendez *scripta
sunt.*

porum, quum te plurimas res emisse dicis, tabulas omnino nullas profers, nonne te et prolatis et non pro-latis tabulis condemnari necesse est?

CHAPITRE XVII.

Après avoir ainsi pillé Cælius, Cacurius, Lutatius Diodorus, sans parler d'A. Clodius, jadis Apollonius, avec lequel il a fait un compromis déshonnète; après avoir extorqué à Lyson, au jeune Heïus, il a voulu traiter de même Diodore de Milet, qui s'est enfui de Sicile avec ses belles œuvres de Mentor. Pour le ressaisir, le préteur n'a pas hésité à intenter à l'absent une accusation capi-tale, et il a fallu la voix de son père et les murmures qui lui sont venus de Rome, où Diodore s'était réfugié, pour le faire désister.

37. Tu a M. Cælio, equite Romano, lectissimo adolc-scente, quæ voluisti Lilybaei abstulisti : tu C. Cacurii, prompti hominis et experientis et in primis gratiosi, su-pellectilem omnem auferre non dubitasti : tu maximam et pulcherrimam mensam citream (1) a Q. Lutatio Dio-doro, qui Q. Catuli beneficio ab L. Sulla civis Romanus factus est, omnibus scientibus, Lilybæi abstulisti. Non tibi objicio, quod hominem dignissimum tuis moribus, Apollonium, Niconis filium, Drepanitanum (2), qui nunc A. Clodius vocatur, omni argento optime facto spoliasti ac depeculatus es. Taceo. Non enim putat ille sibi inju-riam factam, propterea quod homini jam perdito et col-lum in laqueum inserenti subvenisti, quum pupillis Dre-panitanis bona patria erepta cum illo partitus es. Gaudeo etiam, si quid ab eo abstulisti, et abs te nihil rectius fac-tum esse dico. Ab Lysone vero Lilybætano, primo homine, apud quem deversatus es, Apollinis signum ablatum certe

---

XVII. 1. Les *mensæ citreæ*, en bois de cédrat, étaient à Rome un des principaux objets de luxe, et se payaient à des prix énormes; voy ce qu'en raconte Pline, *Hist. nat.* XIII, ch. 29 et suiv. Les *Catuli* étaient une famille de la *gens Lutatia.* — 2. *Drepanum*, ville maritime de l'ouest de la Sicile, auj. *Tra-*

non oportuit. Dices te emisse. Scio : HS cɔ (3) : ita opinor. Scio, inquam : proferam litteras : tamen id factum non oportuit. A pupillo Heio, cui C. Marcellus tutor est, a quo pecuniam grandem eripueras, scaphia (4) cum emblematis Lilybæi utrum empta esse dicis, an confiteris erepta ?

38. Sed quid ego istius in ejusmodi rebus mediocres injurias colligo, quæ tantummodo in furtis istius, et damnis eorum a quibus auferebat, versatæ esse videantur ? Accipite (6), si vultis, judices, rem ejusmodi, ut amentiam singularem et furorem jam, non cupiditatem ejus perspicere possitis.

———

CHAPITRE XVIII.

Melitensis (1) Diodorus est, qui apud vos antea testimonium dixit. Is Lilybæi multos jam annos habitat, homo et domi nobilis et apud eos, quo se contulit, propter virtutem splendidus et gratiosus. De hoc Verri dicitur, habere eum perbona toreumata (2) : in iis pocula quædam, quæ Thericlea nominantur, Mentoris manu summo artificio facta. Quod iste ubi audivit, sic cupiditate inflammatus est non solum inspiciendi, verum etiam auferendi, ut Diodorum ad se vocaret ac posceret. Ille, qui illa non invitus haberet, respondet Lilybæi se non habere, Melitæ apud quendam propinquum suum reliquisse. 39. Tum iste continuo mittit homines certos (3) Melitam : scribit

pani. — 3. CIƆ signifie *mille* (M), comme nous l'avons vu. — 4. *Scaphia*, des coupes en forme de petits bateaux, σκάφη, *scaphæ*. Sur les *emblemata*, voy. la note 3 du ch. 14. — 5. *Accipite*, p. *audite*.

XVIII. 1. *Melita*, l'île de Malte. — 2. Τορεύματα, de τορεύω, ciseler. *Thericlea*,

coupes inventées par Thériclès, Θηρικλῆς, potier à Corinthe, du temps de la guerre du Péloponnèse. On imita depuis la forme de ces coupes avec l'or et l'argent, et le nom du potier leur resta. *Mentor*, célèbre ciseleur, préféré à Boéthus. — 3. *Homines certos*, hommes sûrs, sur lesquels il pouvait se repo-

ad quosdam Melitenses, ut ea vasa perquirant : rogat Diodorum, ut ad illum propinquum suum det litteras : nihil
ei longius videbatur, quam dum illud videret argentum.
Diodorus, homo frugi ac diligens, qui sua servare vellet,
ad propinquum suum scribit, ut iis, qui a Verre venissent,
responderet, illud argentum se paucis illis diebus misisse
Lilybæum. Ipse interea recedit : abesse a domo paulisper
maluit, quam præsens illud optime factum argentum
amittere. Quod ubi iste audivit, usque eo commotus est,
ut sine ulla dubitatione insanire omnibus ac furere videretur. Quia non potuerat eripere argentum, ipse a Dio-
doro erepta sibi vasa optime facta dicebat : minitari ab-
senti Diodoro : vociferari palam : lacrimas interdum vix
tenere. Eriphylam (4) accepimus in fabulis ea cupiditate,
ut, quum vidisset monile, ut opinor, ex auro et gemmis,
pulchritudine ejus incensa salutem viri proderet. Similis
istius cupiditas ; hoc (5) etiam acrior atque insanior, quod
illa cupiebat id quod viderat, hujus libidines non solum
oculis, sed etiam auribus excitabantur.

———

CHAPITRE XIX.

40. Conquiri Diodorum tota provincia jubet. Ille ex
Sicilia jam castra commoverat (1) et vasa collegerat.
Homo, ut aliquo modo in provinciam illum revocaret,
hanc excogitat rationem, si hæc ratio potius quam amentia nominanda est. Apponit de suis canibus (2) quendam,

ser, qui le secondaient bien.—
4. *Eriphyle,* femme du devin
Amphiaraüs. Celui-ci, sachant
qu'il devait périr devant Thè-
bes, se cacha pour ne pas assister au siége ; mais le roi
Adraste arracha à Eriphyle l'a-
veu de sa retraite, en offrant à
cette princesse un collier d'or,
aux appâts duquel elle ne sut
pas résister. Ce sujet avait été
transporté sur les théâtres de
Rome par Ennius et par Accius.
Ea, p. *tanta.*—5. *Hoc,* p. *eo.*

XIX. 1. *Castra commove-
rat,* avait décampé. *Vasa col-
ligere* se disait des soldats qui
pliaient bagage pour se mettre
en marche. On sent l'à-propos
de cette phrase appliquée à
Diodore. *Homo,* notre homme,
Verrès. — 2. *Canes,* voy. le

qui dicat se Diodorum Melitensem rei capitalis reum velle facere. Primo mirum omnibus videri (3), Diodorum reum, hominem quietissimum , ab omni non modo facinoris, verum etiam minimi errati suspicione remotissimum. Deinde esse perspicuum , fieri omnia illa propter argentum. Iste non dubitat jubere nomen deferri : et tum primum opinor istum absentis nomen recepisse. 41. Res clara Sicilia tota, propter cælati argenti cupiditatem reos fieri rerum capitalium, neque solum reos fieri, sed etiam absentes. Diodorus Romæ sordidatus (4) circum patronos atque hospites cursare : rem omnibus narrare. Litteræ mittuntur isti a patre vehementes, ab amicis item, videret quid ageret de Diodoro , quo progrederetur : rem claram esse et invidiosam; insanire hominem (5) ; periturum hoc uno crimine, nisi cavisset. Iste etiamtum patrem, si non in parentis, at in hominum numero putabat : ad judicium nondum se satis instruxerat : primus annus erat provinciæ ; non, ut in Sthenio (6), jam refertus pecunia. Itaque furor ejus paululum, non pudore, sed metu ac timore repressus est. Condemnare Diodorum non audet absentem : de reis eximit. Diodorus interea, prætore isto, prope triennium provincia domoque caruit. 42. Ceteri, non solum Siculi , sed etiam cives Romani , hoc statuerant (7), quoniam iste tantum cupiditate progrederetur, nihil esse, quod quisquam putaret se, quod isti paulo magis placeret , conservare aut domi retinere posse ; postea vero quam intellexerunt isti virum fortem, quem summe provincia exspectabat, Q. Arrium , non succedere , statuerunt nihil se tam clausum neque tam reconditum posse habere, quod non istius cupiditati apertissimum promptissimumque esset.

§ 31. — 3. *Videri* , infinitif dit *historique*, employé quand le temps d'une action est vague et indéterminé. — 4. *Sordidatus*, opposé à *candidatus*, négligé dans son extérieur, et marquant par là sa détresse.—

5. *Hominem*, Verrès. Cicéron rapporte l'opinion qui régnait sur le compte du préteur. — 6. *Sthenio*, voy. le *de Suppliciis*, ch. 42 et 49. — 7. *Hoc statuerant*, s'étaient fait cette opinion.

CHAPITRE XX.

C'est par de tels procédés que Verrès a enlevé, et non pas acheté, comme il le dit, à Calidius et à Curidius des morceaux remarquables.

Tum iste ab equite Romano splendido et gratioso, Cn. Calidio, cujus filium sciebat senatorem populi Romani et judicem esse, equuleos argenteos nobiles, quique maximi fuerant (1), aufert. 43. Imprudens huc incidi, judices : emit enim, non abstulit : nollem dixisse : jactabit se, et in his equitabit equuleis. *Emi : pecuniam solvi.* Credo : etiam tabulæ proferentur. Est tanti, cedo (2) tabulas : dilue sane crimen hoc Calidianum, dum ego tabulas aspicere possim. Verumtamen quid erat, quod Calidius Romæ quereretur, se, quum tot annos in Sicilia negotiaretur, abs te solo ita esse contemptum, ita despectum, ut etiam una cum ceteris Siculis (3) despoliaretur. Si emeras, quid erat, quod confirmabat se abs te argentum esse repetiturum, si id tibi sua voluntate vendiderat; tu porro posses facere, ut Cn. Calidio non redderes? præsertim quum is L. Sisenna, defensore tuo, tam familiariter uteretur, et quum ceteris familiaribus Sisennæ reddidisses (4)? 44. Denique non negaturum esse te, homini honesto, sed non gratiosiori quam Cn. Calidius est, L. Curidio argentum per Potamonem (5), amicum tuum, reddidisse. Qui quidem ceterorum causam apud te difficiliorem fecit. Nam quum te confirmasses (6) compluribus redditurum, posteaquam Curidius pro testimonio dixit, te sibi reddidisse, finem reddendi fecisti : quod intellexisti, præda te de manibus emissa testimonium tamen effugere non posse. Cn. Calidio, equiti Romano, per omnes alios prætores licuit ha-

---

XX. 1. *Qui maximi* (pretii) *fuerant*, qui avaient coûté très-cher. — 2. *Cedo*, p. *da.* — 3. *Una cum ceteris Siculis*, pour *una cum ceteris qui erant Siculi.* — 4. *Reddidisses*, sup-pléez *quæ iis eripueras.* — 5. *L. Papirius Potamo*, le greffier de Cécilius, qui était le questeur de Verrès. — 6. *Confirmare*, comme ailleurs *affirmare.*

CHAPITRE XXII.

48. Hic nolite exspectare, dum ego hæc crimina agam ostiatim (1), ab Æschylo Tyndaritano istum pateram abstulisse, a Thrasone item Tyndaritano patellam, a Nymphodoro Agrigentino turibulum. Quum testes ex Sicilia dabo, quem volet ille eligat, quem ego interrogem de patellis, pateris, turibulis : non modo oppidum nullum, sed ne domus quidem ulla paullo locupletior expers hujus injuriæ reperietur. Qui quum in convivium venisset, si quicquam cælati aspexerat, manus abstinere, judices, non poterat. Cn. Pompeius est Philo, qui fuit Tyndaritanus. Is cœnam isti dabat apud villam in Tyndaritano (2). Fecit quod Siculi non audebant ; ille, civis Romanus quod erat, impunius id se facturum putavit : apposuit patellam, in qua sigilla erant egregia. Iste continuo ut vidit, non dubitavit illud insigne penatium hospitaliumque deorum ex hospitali mensa tollere : sed tamen, quod ante de istius abstinentia dixeram, sigillis avulsis reliquum argentum sine ulla avaritia reddidit. 49. Quid ? Eupolemo Calactino (3), homini nobili, Lucullorum hospiti ac perfamiliari, qui nunc apud exercitum cum L. Lucullo est, non idem fecit ? Cœnabat apud eum. Argentum ille ceterum purum (4) apposuerat, ne purus ipse relinqueretur : duo pocula non magna, verumtamen cum emblemate. Hic, tamquam festivum acroama (5), ne sine corollario de convivio discederet, ibidem, convivis spectantibus, emblemata evellenda curavit.

XXII. 1. *Ostiatim,* porte par porte, maison par maison. — 2. *Tyndaritano,* s.-ent. *agro* ou *prædio. Apud villam* pour *in villa,* est d'un usage rare dans Cicéron, fréquent dans Tite-Live et Tacite. — 3. *Calacta,* dans le nord de Sicile, auj. *Caronia,* selon d'au-tres *S.-Marco,* dans le *Val di Demona.* — 4. *Argentum purum,* sans ciselures ou appliques ciselées. *Ne purus ipse relinqueretur,* jeu de mots : sans argenterie, dépouillé. — 5. Ἀκρόαμα, un homme qui se fait entendre, acteur, décla-mateur ou musicien. On en

Mais il est nécessaire qu'on se fasse une idée exacte de ce système de déprédation. Le premier magistrat de Catina a reçu l'ordre de faire apporter au préteur tout l'argent travaillé qui se trouvait dans la ville; le même ordre a été donné à Phylarque de Centuripe. Tout ce qu'il y en avait à Agyrium a été transporté à Syracuse pour le soumettre au préteur. A Haluntium, c'est Archagathus qui a été chargé de ramasser ce qu'il a pu et de le faire porter au bord de la mer. Là le préteur a fait son choix, et, pour n'avoir pas l'air de prendre sans payer, il a chargé Archagathus de distribuer quelque argent à ces pauvres Haluntins, argent dont Archagathus n'a pas même été remboursé.

Neque ego nunc istius facta omnia enumerare conor : neque opus est, nec fieri ullo modo potest : tantum uniuscujusque de varia improbitate generis indicia apus vos et exempla profero. Neque enim ita se gessit in his rebus, tanquam rationem aliquando esset redditurus, sed prorsus ita, quasi aut reus nunquam esset futurus, aut, quo plura abstulisset, eo minore periculo in judicium venturus esset : qui hæc, quæ dico, jam non occulte, non per amicos atque interpretes, sed palam de loco superiore (6) ageret, pro imperio et potestate.

CHAPITRE XXIII.

50. Catinam quum venisset, oppidum locuples, honestum, copiosum, Dionysiarchum ad se proagorum (1), hoc est summum magistratum, vocari jubet : ei palam imperat ut omne argentum, quod apud quemque esset

louait pour égayer les repas, et quand ils avaient bien diverti les convives (festivum), on les récompensait : les récompenses se nommaient corollaria, parce qu'elles consistaient dans l'origine en couronnes de fleurs, corollæ. Varron, de lingua lat. V, § 49 : Corollarium (dicitur), si additum præter-quam quod debitum est : vocabulum fictum a corollis, quod eæ, quom placuerant actores, in scena dari solita. — 6. De loco superiore, du haut de son tribunal.

XXIII. 1. Προάγορον, dorien pour προήγορον, nom du premier magistrat dans plusieurs villes de Sicile : ou le

Catinæ, conquirendum curaret et ad se afferendum. Phy-
larchum Centuripinum, primum hominem genere, virtute,
pecunia, non hoc idem juratum dicere audistis, sibi istum
negotium dedisse atque imperasse, ut Centuripinis (2), in
civitate totius Siciliæ multo maxima et locupletissima,
omne argentum conquireret et ad se comportari juberet?
Agyrio similiter istius imperio vasa Corinthia per Apollo-
dorum, quem testem audistis, Syracusas deportata sunt.
51. Illa vero optima (3), quod quum Haluntium venisset
prætor laboriosus et diligens, ipse in oppidum noluit ac-
cedere, quod erat difficili ascensu atque arduo; Archa-
gathum Haluntinum, hominem non solum domi, sed tota
Sicilia in primis nobilem, vocari jussit : ei negotium
dedit ut, quicquid Halunti esset argenti cælati, aut si
quid etiam Corinthiorum (4), ut omne statim ad mare ex
oppido deportaretur. Ascendit in oppidum Archagathus.
Homo nobilis, qui a suis amari et diligi vellet, ferebat
graviter, illam sibi ab isto provinciam datam, nec, quid
faceret, habebat : pronuntiat quid sibi imperatum esset :
jubet omnes proferre quod haberent. Metus erat sum-
mus. Ipse enim tyrannus non discedebat longius : Archa-
gathum et argentum in lectica cubans ad mare infra oppidum exspectabat. 52. Quem concursum in oppido
factum putatis? quem clamorem? quem porro fletum mulierum? qui videret, equum Trojanum introductum, urbem captam diceret. Efferre sine thecis (5) vasa, extor-
queri alia de manibus mulierum, effringi multorum fores,
revelli claustra. Quid enim putatis? Scuta si quando
conquiruntur a privatis in bello ac tumultu, tamen homines inviti dant, etsi ad salutem communem dari sentiunt : ne quem putetis sine maximo dolore argentum

rencontre encore sur les inscriptions. — 2. *Centuripini*,
comme *Leontini*, nom d'habitants au pluriel, qui remplace
celui de la ville.— 3. *Illa vero
optima*, s.-ent. *sunt*. C'est le
pluriel et il ne faut pas suppléer

res. On pense qu'*Haluntium*
(Άλούντιον p. Άλοέντιον) est
auj. *S.-Filadelfo*, dans le Val
di Demona. — 4. *Corinthiorum*, s.-ent. *vasorum*. *Ut* est
répété pour donner plus de
force. D'autres lisent *id*. — 5.

cælatum domo, quod alter eriperet, protulisse. Omnia deferuntur. Cibyratæ fratres vocantur : pauca improbant : quæ probarant, iis crustæ (6) aut emblemata detrahebantur. Sic Haluntini, excussis deliciis, cum argento puro domum revertuntur.

———

CHAPITRE XXIV.

53. Quod unquam, judices, hujuscemodi everriculum (1) ullum in provincia fuit ? Avertere aliquid de publico quam obscurissime per magistratum (2) solebant : etiam quum aliquid a privato nonnunquam, occulte auferebant : et ii tamen condemnabantur. Et, si quæritis, ut ipse de me detraham, illos ego accusatores (3) puto fuisse, qui ejusmodi hominum furta odore aut aliquo leviter presso vestigio persequebantur. Nam nos quidem quid facimus in Verre, quem in luto volutatum totius corporis vestigiis invenimus? Permagnum est in eum dicere aliquid, qui præteriens, lectica paulisper deposita, non per præstigias, sed palam per potestatem, uno imperio, ostiatim totum oppidum compilaverit. Ac tamen, ut posset dicere se emisse, Archagatho imperat ut illis aliquid, quorum argentum fuerat, numulorum dicis causa daret. Invenit Archagathus paucos ; Cn. Lentulus Marcellinus dissuasit, sicut ipsum dicere audistis. Recita Archagathi et Lentuli testimonium.

Verrès a formé, à Syracuse, une fabrique où on le voyait souvent suivre les travaux ; là se travaillait cette énorme quantité de métaux précieux et de ciselures que Verrès faisait transformer à sa fantaisie pour défigurer ses larcins.

54. Et, ne forte hominem existimetis hanc tantam

Thecæ, θῆκαι, les boites. — 6. Crustæ sont, dit Furnaletto, riporti di basso rilievo, tandis que les emblemata sont di alto rilievo.

XXIV. 1. Everriculum, jeu

de mots sur le nom de Verrès. — 2. Per magistratum, à l'aide du magistrat indigène de chaque ville, gagné par le préteur romain.— 3. Accusatores est dit avec énergie : de vrais

vim (4) emblematum sine causa coacervare voluisse, videte quanti vos, quanti existimationem populi Romani,
quanti leges et judicia, quanti testes Siculos negotiato-
resque fecerit. Posteaquam tantam multitudinem collegerat emblematum, ut ne unum quidem cuiquam reli-
quisset, instituit officinam Syracusis in regia maximam.
Palam artifices omnes, cælatores ac vascularios, convo-
cari jubet : et ipse suos complures habebat. Eos concludit,
magnam hominum multitudinem. Menses octo continuos
his opus non defuit, quum (5) vas nullum fieret nisi au-
reum. Tum illa, ex patellis et turibulis quæ evellerat, ita
scite in aureis poculis illigabat, ita apte in scaphiis aureis includebat, ut ea ad illam rem nata esse diceres :
ipse tamen prætor, qui sua vigilantia pacem in Sicilia
dicit fuisse, in hac officina majorem partem diei cum tunica pulla (6) sedere solebat et pallio.

CHAPITRE XXV.

55. Hæc ego, judices, non auderem proferre, ni ve-
rerer ne forte plura de isto ab aliis in sermone, quam a
me in judicio vos audisse diceretis. Quis enim est qui de
hac officina, qui de vasis aureis, qui de istius pallio pullo
non audierit? Quem voles e conventu Syracusano virum
bonum nominato : producam : nemo erit quin hoc se
audisse aut vidisse dicat. 56. O tempora, o mores! Nihil nimiùm vetus proferam. Sunt vestrùm aliquammulti,
qui L. Pisonem cognorunt, hujus L. Pisonis, qui prætor
fuit, patrem (1). Ei, quum esset in Hispania prætor, qua
in provincia occisus est, nescio quo pacto, dum armis
exercetur, anulus aureus, quem habebat, fractus et

accusateurs. — 4. *Vim*, pour
copiam, multitudinem. — 5.
Quum est ici pour *quoique.* —
6. *Tunica pulla,* robe de laine
non blanchie, couleur naturelle
de la laine, qu'on portait en
travaillant chez soi, ou dans l'a-
telier.

XXV. 1. *L. Pisonem Frugi.*
Le premier de ces Pisons étant
tribun du peuple en 149 av.
J.-C., fit porter la loi *de pe-*

comminutus est. Qnum vellet sibi anulum facere, au-
rificem jussit vocari in forum ad sellam, Cordubæ, et
palam appendit aurum : hominem in foro jubet sellam
ponere et facere anulum omnibus præsentibus. Nimium
fortasse dicet aliquis hunc diligentem (2). Hactenus re-
prehendet, si qui volet : nihil amplius. Verum fuit ei
concedendum. Filius enim L. Pisonis erat, ejus qui primus de pecuniis repetundis legem tulit. 57. Ridiculum
est me nunc de Verre dicere, quum de Pisone Frugi
dixerim : verumtamen quantum intersit videte. Iste
quum aliquot abacorum faceret vasa aurea, non labo-
ravit quid non modo in Sicilia, verum etiam Romæ in
judicio audiret : ille in auri semuncia totam Hispaniam
scire voluit, unde prætori anulus fieret. Nimirum, ut hic
nomen suum (3) comprobavit, sic ille cognomen.

CHAPITRE XXVI.

Pendant son administration, Verrès a fait aussi un grand acca-
parement de cachets, d'anneaux, de tapisseries et de riches tissus,
enfin de tout ce qu'il y avait de précieux en meubles. Nous allons
voir les moyens qu'il employait pour se les procurer, bien qu'à
l'entendre, il ait tout acheté.

Nullo modo possum omnia istius facta aut memoria
consequi aut oratione complecti. Genera ipsa cupio breviter attingere, ut hic modo me commonuit Pisonis anulus, quod totum effluxerat. Quam multis istum putatis
hominibus honestis de digitis anulos abstulisse? nunquam dubitavit (1), quotiescumque alicujus aut gemma
aut anulo delectatus est. Incredibile dicam, sed ita clarum, ut ipsum negaturum non arbitrer. 58. Quum Va-
lentio ejus interpreti epistola Agrigento allata esset, casu
signum iste animadvertit in cretula (2). Placuit ei. Quæ-

cuniis repetundis ; le second
fut préteur en Espagne en 112;
le troisième fut préteur avec
Verrès en 74. — 2. Diligens,

consciencieux. — 3. Nomen
suum, sanglier, verres.
   XXVI. 1. Dubitavit, s.-ent.
auferre. — 2. Cretula, craie,

sivit unde esset epistola : respondit Agrigento. Iste ad quos solebat litteras misit, ut is anulus ad se primo quoque tempore afferretur. Ita litteris istius patrifamilias, L. Titio, civi Romano, anulus de digito detractus est. Illa vero ejus cupiditas incredibilis est. Nam ut in singula conclavia, quæ iste non modo Romæ, sed in omnibus villis habet, tricenos lectos optime stratos cum ceteris ornamentis convivii quæreret, nimium multa comparare videretur. Nulla domus in Sicilia locuples fuit, ubi iste non textrinum instituerit. 59. Mulier est Segestana (3), perdives et nobilis, Lamia nomine : per triennium isti, plena domo telarum, stragulam vestem confecit, nihil nisi conchylio tinctum; Attalus, homo pecuniosus, Neti (4); Lyso Lilybæi ; Critolaus Ætnæ (5) ; Syracusis Æschrio, Cleomenes, Theomnastus ; Helori (6) Archonidas. Dies me citius defecerit, quam nomina. Ipse dabat purpuram, tantum operam amici. Credo : jam enim non libet omnia criminari : quasi hoc mihi non satis sit ad crimen, habuisse tam multum, quod daret ; voluisse deportare tam multa ; hoc denique, quod concedit, amicorum operis esse in hujuscemodi rebus usum. 60. Jam vero lectos æratos et candelabra ænea, num cui præter istum Syracusis per triennium facta esse existimatis? Emebat. Credo. Sed tantum vos certiores, judices, facio, quid iste in provincia prætor egerit, ne cui forte negligens nimium fuisse videatur, neque se satis, quum potestatem habuerit, instruxisse et ornasse.

---

qn'Hérodote nomme γῆ ση-μαντρίς (*terra signatoria*), parce que les Grecs en faisaient les cachets de leurs lettres. Les Romains, comme on sait, y employaient la cire, *cera*. — 3. *Segesta* ou Αἴγεστα, Ἔγεστα, dans le N.-O. de la Sicile, non loin de la mer, place impor-tante pour le commerce. On pense que c'est auj. *S.-Castel a mare di Golfo*. Voy. le commencement du ch. 33. — 4. *Netum*, dans l'intérieur de la Sicile, site incertain. — 5. *Ætna*, ville au pied de l'Etna. — 6. *Helorum*, sur la côte S.-E., au dessous de Syracuse.

CHAPITRE XXVII.

Antiochus voyageait en Sicile, Verrès se fait confier par le roi
de Syrie plusieurs objets précieux ; le roi les réclame bientôt
après ; aussitôt Verrès, sous un futile prétexte, lui fait intimer
l'ordre de sortir de sa province. Parmi ces objets, se trouvait un
flambeau enrichi de pierreries, offrande destinée au temple de Jupiter Capitolin, dont Q. Lutatius Catulus, l'un des juges de Verrès,
était chargé de surveiller l'achèvement ; l'orateur lui dénonce cette
profanation qu'il rapproche du pillage des temples d'Athènes,
Délos, Samos, Perga, et de la Grèce, de l'Asie entières.

Venio nunc non jam ad furtum, non ad avaritiam,
non ad cupiditatem, sed ejusmodi facinus, in quo omnia
nefaria contineri mihi atque inesse videantur; in quo
dii immortales violati, existimatio atque auctoritas nominis populi Romani imminuta, hospitium spoliatum ac
proditum, abalienati scelere istius a nobis omnes reges
amicissimi nationesque, quæ in eorum regno ac ditione
sunt. 61. Nam reges Syriæ, regis Antiochi (1) filios pueros,
Romæ scitis nuper fuisse : qui venerant non propter Syriæ regnum (nam id sine controversia obtinebant, ut a
patre et a majoribus acceperant) ; sed regnum Ægypti ad
se et ad Selenen, matrem suam, pertinere arbitrabantur.
Hi ipsi posteaquam temporibus (2) rei publicæ exclus,
per senatum agere quæ voluerant non potuerunt, in Syriam, in regnum patrium profecti sunt. Eorum alter, qui
Antiochus vocatur, iter per Siciliam facere voluit. Itaque

XXVII. 1. *Regis Antiochi*,
celui qui avait le surnom de
Eusebes. Il était mort, et la
Syrie était au pouvoir du roi
d'Arménie Tigranes, que les
Syriens avaient appelé ; ses
deux fils, Antiochus et Séleu-
cus, vivaient à Rome, ne tenant
plus au royaume de Syrie que
par leur droit héréditaire : c'est
ce droit que Cicéron désigne
par les mots *sine controversia*

obtinebant, que les auditeurs
ne prenaient peut-être pas dans
ce sens restreint. Leur mère
Sélène, fille du roi d'Égypte
Ptolémée Physcon et sœur de
Ptolémée Lathyrus, qui possé-
dait encore Ptolémaïs, les en-
gageait à briguer le trône d'É-
gypte, vacant par la mort de
Lathyrus et de sa seule fille lé-
gitime. — 2. *Temporibus*, και-
ροῖς. Dans ce temps, Rome était

isto prætore venit Syracusas. 62. Hic Verres hereditatem sibi venisse arbitratus est, quod in ejus regnum ac
manus venerat is, quem iste et audierat multa secum
præclara habere, et suspicabatur. Mittit homini munera
satis large, hæc (3) ad usum domesticum : olei, vini, quod
visum est : etiam tritici quod satis esset, de suis decu-
mis. Deinde ipsum regem ad cœnam vocavit : exornat
ample magnificeque triclinium : exponit ea quibus abun-
dabat, plurima et pulcherrima vasa argentea : (nam hæc
aurea nondum fecerat :) omnibus curat rebus instructum
et paratum ut sit convivium. Quid multa? Rex ita dis-
cessit, ut et istum copiose ornatum (4) et se honorifice
acceptum arbitraretur. Vocat ad cœnam deinde ipse prætorem : exponit suas copias omnes, multum argentum,
non pauca etiam pocula ex auro, quæ, ut mos est regius
et maxime in Syria, gemmis erant distincta clarissimis.
Erat etiam vas vinarium ex una gemma pergrandi, trulla
excavata, manubrio aureo, de qua satis, credo, idoneum,
satis gravem testem, Q. Minucium dicere audistis.
63. Iste unumquodque vas in manus sumere, laudare,
mirari. Rex gaudere, prætori populi Romani satis ju-
cundum et gratum illud esse convivium. Posteaquam
inde discessum est, cogitare nihil iste aliud (quod ipsa res
declaravit) nisi, quemadmodum regem ex provincia spoliatum expilatumque dimitteret. Mittit rogatum vasa ea
quæ pulcherrima apud eum viderat : ait se suis cœlato-
ribus velle ostendere. Rex, qui illum non nosset, sine
ulla suspicione libentissime dedit. Mittit etiam trullam
gemmeam rogatum : velle se eam diligentius considerare.
Ea quoque ei mittitur.

tenue en échec par la guerre
des esclaves, *bellum servile.* —
3. *Hæc,* c'est-à-dire, *ea quæ*
nostis, ceux que vous savez,
ceux qui sont donnés d'habi-
tude. — 4. *Ornatum,* meublé.

CHAPITRE XXVIII.

64. Nunc reliquum, judices, attendite de quo et vos audistis, et populus Romanus non nunc primum audiet, et in exteris nationibus usque ad ultimas terras pervagatum est. Candelabrum e gemmis clarissimis, opere mirabili perfectum, reges hi, quos dico, Romam quum attulissent, ut in Capitolio ponerent ; quòd nondum perfectum templum (1) offenderant, neque ponere potuerunt, neque vulgo ostendere ac proferre voluerunt : ut et magnificentius videretur, quum suo tempore in cella Jovis Optimi Maximi poneretur, et clarius, quum pulchritudo ejus recens ad oculos hominum atque integra perveniret. Statuerunt id secum in Syriam reportare : ut, quum audissent, simulacrum Jovis Optimi Maximi dedicatum, legatos mitterent, qui cum ceteris rebus illud quoque eximium ac pulcherrimum donum in Capitolium afferrent. Pervenit res ad istius aures, nescio quomodo : nam rex celatum voluerat ; non quo quicquam metueret aut suspicaretur, sed ut ne multi illud ante perciperent oculis, quam populus Romanus. Iste petit a rege, et eum pluribus verbis rogat, ut id ad se mittat : cupere se dicit inspicere, neque se aliis videndi potestatem esse facturum. **65.** Antiochus, qui animo et puerili esset et regio, nihil de istius improbitate suspicatus est : imperat suis, ut id in prætorium involutum quam occultissime deferrent. Quo posteaquam attulerunt, involucrisque rejectis constituerunt : clamare iste cœpit, dignam rem esse regno Syriæ, dignam regio munere, dignam Capitolio. Etenim erat eo splendore, qui ex clarissimis et pulcherrimis gemmis esse debebat ; ea varietate operum, ut ars certare vide-

---

XXVIII. 1. *Nondum perfectum templum.* Le temple de Jupiter Capitolin avait été la proie d'un incendie l'an 83 av. J.-C. Sylla en commença la reconstruction, mais il ne put le consacrer (*dedicare*), et ce fut Q. Catulus Lutatius, l'un des juges de Verrès, qui l'acheva et en fit la dédicace en 69, l'année qui suivit le procès. Ce temple avait trois divisions : *cella Jovis, cella Junonis, cella Minervæ.*

retur cum copia ; ea magnitudine, ut intelligi posset, non
ad hominum apparatum, sed ad amplissimi templi ornatum esse factum. Quum satis jam perspexisse videretur,
tollere incipiunt, ut referrent. Iste ait se velle illud etiam
atque etiam considerare ; nequaquam se esse satiatum :
jubet illos discedere et candelabrum relinquere. Sic illi
tum inanes ad Antiochum revertuntur.

CHAPITRE XXIX.

66. Rex primo nihil metuere , nihil suspicari : dies
unus, alter, plures : non referri. Tum mittit, si videatur,
ut reddat. Jubet iste posterius ad se reverti. Mirum illi
videri : mittit iterum. Non redditur. Ipse hominem appellat : rogat ut reddat. Os (1) hominis insignemque impudentiam cognoscite. Quod sciret , quod ex ipso rege
audisset in Capitolio esse ponendum , quod Jovi Optimo
Maximo, quod populo Romano servari videret, id sibi ut
donaret, rogare et vehementissime petere cœpit. Quum ille
se et religione Jovis Capitolini et hominum existimatione
impediri diceret, quod multæ nationes testes essent illius
operis ac muneris , iste homini minari acerrime cœpit.
Ut videt eum nihilo magis minis quam precibus removeri (2), repente hominem de provincia jubet ante noctem
decedere : ait se comperisse ex ejus regno piratas ad Siciliam venturos. 67. Rex maximo conventu Syracusis, in
foro, ne quis forte me in crimine obscuro versari atque
affingere aliquid suspicione hominum arbitretur, in foro
inquam Syracusis flens atque deos hominesque contestans
clamare cœpit, candelabrum factum e gemmis, quod in
Capitolium missurus esset, quod in templo clarissimo populo Romano monumentum suæ societatis amicitiæque
esse voluisset , id sibi C. Verrem abstulisse : de ceteris
operibus ex auro et gemmis, quæ sua penes illum essent,

XXIX. 1. *Os,* le front. —   *desistat a petitione sua, re-*
2. *Removeri,* pour *moveri ut*   *pelli.* Cela dit plus que la leçon

se non laborare, hoc sibi eripi miserum esse et indignum, Id etsi antea jam mente et cogitatione sua fratrisque sui consecratum esset, tamen se in illo conventu civium Romanorum dare donare dicare (3) consecrare Jovi Optimo Maximo, testemque ipsum Jovem suæ voluntatis ac religionis adhibere.

CHAPITRE XXX.

Quæ vox, quæ latera (1), quæ vires hujus unius criminis querimoniam possunt sustinere ? Rex Antiochus, qui Romæ ante oculos omnium nostrûm biennium fere comitatu regio atque ornatu fuisset : is quum amicus et socius populi Romani esset, amicissimo patre, avo, majoribus, antiquissimis et clarissimis regibus, opulentissimo et maximo regno, præceps provinciâ populi Romani exturbatus est. 68. Quemadmodum hoc accepturas nationes exteras, quemadmodum hujus tui facti famam in regna aliorum atque in ultimas terras perventuram putasti, quum audirent, a prætore populi Romani in provincia violatum regem, spoliatum hospitem, ejectum socium populi Romani atque amicum ? Nomen vestrum populique Romani odio atque acerbitati scitote nationibus exteris, judices, futurum, si istius hæc tanta injuria impunita discesserit. Sic omnes arbitrabuntur, præsertim quum hæc fama de nostrorum hominum avaritia et cupiditate percrebuerit, non istius solius hoc esse facinus, sed eorum etiam, qui approbarint. Multi reges, multæ liberæ civitates, multi privati opulenti ac potentes habent profecto in animo Capitolium sic ornare, ut templi dignitas imperiique nostri nomen desiderat : qui si intellexerint, inter-

permoveri. — 3. *Do*, *dono*, *dico*, formule de consécration ou de dédicace, qui se trouve sur beaucoup d'inscriptions : D. D. D.

XXX. 1. *Latera*, les côtes, employé quand il s'agit d'un orateur, signifie poumons, force soutenue de l'organe de la voix. Ernesti : Latera *in oratore sunt* pulmones *nostro more loquendi. Nempe vires sic dicuntur*

verso hoc regali dono, graviter vos tulisse, grata fore vobis populoque Romano sua studia ac dona arbitrabuntur :
sin hoc vos in rege tam nobili, re tam eximia, injuria
tam acerba, neglexisse audient, non erunt tam amen-
tes, ut operam, curam, pecuniam impendant in eas res,
quas vobis gratas fore non arbitrentur.

CHAPITRE XXXI.

69. Hoc loco, Q. Catule, te appello. Loquor enim de
tuo clarissimo pulcherrimoque monumento : non judicis
solum severitatem in hoc crimine, sed prope inimici atque
accusatoris vim suspicere debes. Tuus enim honos illo
templo senatus populique Romani beneficio, tui nominis
æterna memoria simul cum templo illo consecratur : tibi
hæc cura suscipienda, tibi hæc opera sumenda est, ut
Capitolium, quemadmodum magnificentius est restitutum,
sic copiosius ornatum sit, quam fuit ; ut illa flamma divi-
nitus exstitisse videatur, non quæ deleret Jovis Optimi
Maximi templum, sed quæ præclarius magnificentiusque
deposceret. 70. Audisti, Q. Minucium dicere domi suæ
deversatum esse Antiochum regem Syracusis : se illud
scire ad istum (1) esse delatum : se scire non redditum :
audisti et audies omni e conventu Syracusano qui ita dicant, sese audientibus illud Jovi Optimo Maximo dicatum
esse a rege Antiocho et consecratum. Si judex non esses,
et hæc ad te delata res esset, te potissimum hoc perse-
qui, te petere (2), te agere oporteret. Quare non dubito,
quo animo judex hujus criminis esse debeas, qui apud
alium judicem multo acrior, quam ego sum, actor accu-
satorque esse deberes.

---

eæ, quarum defectus in latere
sentitur, ut a currentibus,
cantantibus, dicentibus.

  XXXI. 1. Istum, Verrès.
Nous avons vu déjà plusieurs
fois l'expression conventus Sy-

racusanus : Cicéron désigne
par là une réunion de citoyens
Romains habitant Syracuse.—
2. Petere, en grec διώχειν,
accuser ; petitor, demandeur
l'accusateur.

CHAPITRE XXXII.

71. Vobis autem, judices, quid hôc indignius, aut quid minus ferendum videri potest? Verresne habebit domi suæ candelabrum Jovis, e gemmis auroque perfectum? cujus fulgore collucere atque illustrari Jovis Optimi Maximi templum oportebat, id apud istum in ejusmodi conviviis constituetur, quæ domesticis flagitiis flagrabunt? In istius hominis turpissimi domo simul cum ceteris Chelidonis (1) hereditariis ornamentis Capitolii ornamenta ponentur? Quid huic sacri unquam fore, aut quid religiosi fuisse putatis, qui nunc tanto scelere se obstrictum esse non sentiat? qui in judicium veniat, ubi ne precari quidem Jovem Optimum Maximum atque ab eo auxilium petere more omnium possit? a quo etiam dii immortales sua repetunt in eo judicio, quod hominibus ad suas res repetendas est constitutum. Miramur, Athenis Minervam, Deli Apollinem, Junonem Sami, Pergæ (2) Dianam, multos præterea ab isto deos tota Asia Græciaque violatos, qui a Capitolio manus abstinere non potuerit? Quod privati homines de suis pecuniis ornant ornaturique sunt, id C. Verres ab regibus ornari non passus est.

72. Itaque hoc nefario scelere concepto, nihil postea tota in Sicilia neque sacri neque religiosi duxit esse : ita sese in ea provincia per triennium gessit, ut ab isto non solum hominibus, verum etiam diis immortalibus bellum indictum putaretur.

———

CHAPITRE XXXIII.

Ici commence le tableau du pillage des cités. Les Ségestains possédaient une célèbre statue de Diane qui fut enlevée par les Carthaginois ; restituée après la prise de Carthage par Scipion l'A-

---

XXXII. 1. *Chelidon*, une cliente de Verrès, courtisane qui l'avait institué son héritier.

— 2. *Perga*, ville de Pamphylie, auj. *Karaïssar*. Elle avait un célèbre temple de Diane.

fricain, et ornée d'une inscription en son honneur. A force de
vexations et de menaces, Verrès la leur arrache et emporte jusqu'à
l'inscription ; apostrophe à Scipion Nasica qui se porte défenseur
de Verrès, dont les attentats vont chercher jusqu'aux monuments
de la gloire de Rome.

Segesta est oppidum pervetus in Sicilia, judices, quod
ab Ænea fugiente a Troja atque in hæc loca veniente conditum esse (1) demonstrant. Itaque Segestani non solum
perpetua societate atque amicitia, verum etiam cogna-
tione se cum populo Romano conjunctos esse arbitrantur.
Hoc quondam oppidum, quum illa civitas cum Pœnis suo
nomine ac sua sponte bellaret, a Carthaginiensibus vi captum atque deletum est : omniaque, quæ ornamento urbi
esse possent, Carthaginem sunt ex illo loco deportata.
Fuit apud Segestanos ex ære Dianæ simulacrum, quum
summa atque antiquissima præditum religione, tum singulari opere artificioque perfectum. Hoc translatum Carthaginem locum tantum hominesque mutarat, religionem
quidem pristinam conservabat : nam propter eximiam
pulchritudinem etiam hostibus digna quam sanctissime
colerent videbatur. 73. Aliquot sæculis post P. Scipio
bello Punico tertio Carthaginem cepit : qua in victoria
(videte hominis virtutem et diligentiam, ut et domesticis
præclarissimæ virtutis exemplis gaudeatis, et eo majore
odio dignam istius incredibilem audaciam judicetis) con-
vocatis Siculis omnibus, quod diutissime sæpissimeque
Siciliam vexatam a Carthaginiensibus esse cognorat, jubet

XXXIII. 1. *Ab Ænea ...
conditum esse.* Selon d'autres,
c'était Aceste, né en Sicile
d'une mère Troyenne, qui avait
bâti cette ville ; Énée, venu plus
tard, n'aurait fait que l'agrandir.
Cependant les Ségestains eux-
mêmes avaient adopté la tradition rapportée par Cicéron :
Énée avait chez eux un temple,
et il était représenté sur leur
monnaie. L'origine Troyenne
de la ville doit être mise hors
de doute, d'après le témoi-
gnage important de Thucydide,
VI, ch. 2 : Ἰλίου ἁλισκομέ-
νου τῶν Τρώων τινὲς διαφυ-
γόντες Ἀχαιοὺς πλοίοις ἀφι-
κνοῦνται πρὸς τὴν Σικελίαν,
καὶ ὅμοροι τοῖς Σικανοῖς οἰ-
κήσαντες ξύμπαντες μὲν Ἕλυ-
μοι ἐκλήθησαν, πόλεις δ' αὐ-

omnia conquiri : pollicetur, sibi magnæ curæ fore ut omnia civitatibus, quæ cujusque fuissent, restituerentur. Tum illa, quæ quondam erant Himerâ sublata, de quibus ante dixi (2), Thermitanis sunt reddita : tum alia Gelensibus (3), alia Agrigentinis : in quibus etiam ille nobilis taurus, quem crudelissimus omnium tyrannorum Phalaris habuisse dicitur, quo vivos supplicii causâ demittere homines et subjicere flammam solebat. Quem taurum quum Scipio redderet Agrigentinis, dixisse dicitur æquum esse illos cogitare, utrum esset Agrigentinis utilius, suisne servire, anne populo Romano obtemperare, quum idem monumentum et domesticæ crudelitatis et nostræ mansuetudinis haberent.

CHAPITRE XXXIV.

74. Illo tempore Segestanis maxima cum cura hæc ipsa Diana, de qua dicimus, redditur : reportatur Segestam : in suis antiquis sedibus summa cum gratulatione civium et lætitia reponitur. Hæc erat posita Segestæ, sane excelsa in basi : in qua grandibus litteris P. Africani nomen erat incisum, eumque Carthagine capta restituisse, per-

τῶν Ἔρυξ καὶ Ἔγεστα.— 2 *Ante dixi*, dans le second discours, au ch. 35 : « Himera deleta, quos cives belli calamitas reliquos fecerat, ii se « Thermis collocarant, in iisdem agri finibus nec longe ab oppido antiquo. Ii se patrum fortunas et dignitatem recuperare arbitrabantur, quum illa majorum ornamenta in eorum oppido collocabantur. Erant signa ex ære complura : in his eximia pulchritudine ipsa *Himera*, in muliebrem figuram habitumque formata, » ex oppidi nomine et fluminis. Erat etiam Stesichori poetæ statua senilis, incurva, cum libro, summo, ut putant, artificio facta...., Hæc iste ad insaniam concupiverat... Hæc et alia Scipio non negligenter abjecerat, quo homo intelligens Verres auferre posset, sed Thermitanis restituerat. » *Thermæ* se nomme auj. *Termini*, dans l'intendance de Palerme.— 3. *Gelæ*, dans le midi de la Sicile, auj. *Terra Nuova*, dans l'intendance de Calatanisetta.

scriptum. Colebatur a civibus : ab omnibus advenis vise-
batur : quum quæstor essem, nihil mihi ab illis est demonstratum prius. Erat admodum amplum et excelsum
signum cum stola : verumtamen inerat in illa magnitudine
ætas atque habitus virginalis. Sagittæ pendebant ab hu-
mero : sinistra manu retinebat arcum ; dextra ardentem
facem præferebat. 75. Hanc quum iste sacrorum omnium
et religionum hostis prædoque vidisset, quasi illa ipsa
face percussus esset, ita flagrare cupiditate atque amentia
cœpit. Imperat magistratibus, ut eam demoliantur et sibi
dent : nihil sibi gratius ostendit futurum. Illi vero dicere,
sibi id nefas esse : seseque quum summa religione, tum
summo metu legum et judiciorum teneri. Iste tum petere
ab illis, tum minari, tum spem, tum metum ostendere.
Opponebant illi nomen interdum P. Africani : populi Romani illud esse dicebant : nihil se in eo potestatis habere,
quod imperator clarissimus, urbe hostium capta, monumentum victoriæ populi Romani esse voluisset. 76. Quum
iste nihilo remissius atque etiam multo vehementius in-
staret quotidie, res agitur in senatu. Vehementer ab omnibus reclamatur. Itaque illo tempore ac primo istius adventu pernegatur. Postea, quicquid erat oneris in nautis
remigibusque exigendis, in frumento imperando, Segestanis præter ceteros imponebat aliquanto amplius, quam
ferre possent. Præterea magistratus eorum evocabat :
optimum quemque et nobilissimum ad se arcessebat :
circum omnia provinciæ fora rapiebat : singillatim uni-
cuique calamitati fore se denuntiabat; universis se funditus eversurum esse illam civitatem minabatur. Itaque
aliquando multis malis magnoque metu victi Segestani
prætoris imperio parendum esse decreverunt. Magno cum
luctu et gemitu totius civitatis, multis cum lacrimis et
lamentationibus virorum mulierumque omnium simulacrum Dianæ tollendum locatur.

CHAPITRE XXXV.

77. Videte quanta religio fuerit apud Segestanos : repertum esse, judices, scitote neminem, neque liberum, neque servum, neque civem, neque peregrinum, qui illud signum auderet attingere. Barbaros (1) quosdam Lilybæo scitote adductos esse operarios. Hi denique illud, ignari totius negotii ac religionis, mercede accepta sustulerunt. Quod quum ex oppido exportabatur, quem conventum mulierum factum esse arbitramini ? quem fletum majorum natu ? quorum nonnulli etiam illum diem memoria tenebant, quùm illa eadem Diana Segestam Carthagine revecta victoriam populi Romani reditu suo nuntiasset. Quam dissimilis hic dies illi tempori videbatur! Tum imperator populi Romani, vir clarissimus, deos patrios reportabat Segestanis ex urbe hostium recuperatos : nunc ex urbe sociorum prætor ejusdem populi turpissimus atque impurissimus eosdem illos deos nefario scelere auferebat. Quid hôc tota Sicilia est clarius, quam (2) omnes Segestæ matronas et virgines convenisse, quùm Diana exportaretur ex oppido ? unxisse unguentis ? complêsse coronis et floribus ? ture, odoribus incensis usque ad agri fines prosecutas esse ? 70. Hanc tu tantam religionem si tùm in imperio propter cupiditatem atque audaciam non pertimescebas : ne nunc quidem in tanto tuo liberorumque tuorum periculo perhorrescis ? Quem tibi aut hominem, invitis diis immortalibus, aut vero deum, tantis eorum religionibus violatis, auxilio futurum putas ? Tibi illa Diana in pace atque in otio religionem nullam attulit (3) ? quæ quum duas urbes, in quibus locata fuerat, captas

---

XXXIV. 1. *Barbaros :* il y avait peu de colons grecs dans l'ouest de la Sicile, qui était peuplé de *Siculi* ou *Sicani* (par opposition aux *Sicilienses* et Σικελιῶται, colons grecs de la Sicile) et de Carthaginois.— 2 *Quid hôc... quam :* l'un ou l'autre, *hôc* ou *quam*, est superflu : mais comme cette redondance se retrouve encore dans quelques autres passages de Cicéron, il est évident qu'il était permis de s'exprimer ainsi. — 3. *Tibi (animo tuo)... attulit*, t'inspira.

incensasque vidisset, bis ex duorum bellorum flamma fer-
roque servata est ; quæ Carthaginiensium victoriâ, loco
mutato, religionem tamen non amisit, P. Africani virtute
religionem simul cum loco recuperavit. Quo quidem scelere suscepto, quum inanis esset basis, et in ea P. Africani
nomen incisum, res indigna atque intoleranda videbatur
omnibus non solum religiones esse violatas, verum etiam
P. Africani, viri fortissimi, rerum gestarum gloriam, memoriam virtutis, monumenta victoriæ, C. Verrem sustulisse. 79. Quod quum isti renuntiaretur de basi ac litteris,
existimavit homines in oblivionem totius negotii esse
venturos, si etiam basim, tanquam indicem sui sceleris,
sustulisset. Itaque tollendam istius imperio locaverunt :
quæ vobis locatio ex publicis litteris Segestanorum priore
actione recitata est.

———

CHAPITRE XXXVI.

Te nunc, P. Scipio (1), te, inquam, lectissimum orna-
tissimumque adolescentem appello : abs te officium tuum
debitum generi et nomini requiro et flagito. Cur pro isto,
qui laudem honoremque familiæ vestræ depeculatus est,
pugnas? cur eum defensum esse vis ? cur ego tuas partes
suscipio? cur tuum munus sustineo? Cur M. Tullius P.
Africani monumenta requirit ; P. Scipio eum, qui illa
sustulit, defendit? Quum mos a majoribus traditus sit,
ut monumenta majorum ita suorum quisque defendat, ut
ne ornari quidem nomine aliorum sinat : tu isti aderis,
qui non obstruxit aliqua ex parte monumento (2) P. Sci-

XXXVI. 1. *P. Scipio*, surnommé *Nasica*, siégeait parmi
les défenseurs de Verrès : Cicéron l'apostrophe par son nom
de famille, pour mettre sa conduite en opposition avec celle
de Scipion l'Africain : mais il
se nommait alors *Q. Cæcilius
Metellus Pius Scipio*, ayant

été adopté par *Q. Cæcilius
Metellus Pius*, fils de Metellus
Numidicus. — 2. *Obstruxit
monumento*, mot à mot : a fait
une bâtisse qui couvre, qui ca-
che le monument; comme on
dit *obstruere luminibus*, ôter le
jour à une maison, en masquer
la vue. De là le sens figuré ·

pionis, sed id funditus delevit ac sustulit? 80. Quisnam
igitur, per deos immortales! tuebitur P. Scipionis memoriam mortui? quis monumenta atque indicia virtutis, si
tu ea relinques aut deseres? nec solum spoliata illa pa-
tiere, sed eorum etiam spoliatorem vexatoremque defen-
des? Adsunt Segestani, clientes tui, socii populi Romani
atque amici : certiorem te faciunt, P. Africanum, Carthagine deleta, simulacrum Dianæ majoribus suis restituisse;
idque apud Segestanos ejus imperatoris nomine positum
ac dedicatum fuisse; hoc Verrem demoliendum et aspor-
tandum, nomenque omnino P. Scipionis delendum tollen-
dumque curasse : orant te atque obsecrant, ut sibi religionem, generi tuo laudem gloriamque restituas, ut, quod
per P. Africanum ex urbe hostium recuperarint, id per te
ex prætoris domo conservare possint.

———

CHAPITRE XXXVII.

Quid aut tu his respondere honeste potes, aut illi facere, nisi ut te ac fidem tuam implorent? Adsunt et im-
plorant. Potes domesticæ laudis amplitudinem, Scipio,
tueri : potes : omnia sunt in te, quæ aut fortuna hominibus aut natura largitur : non præcerpo fructum officii tui;
non alienam mihi laudem appeto : non est pudoris mei,
P. Scipione, florentissimo adolescente, vivo et incolumi,
me propugnatorem P. Scipionis defensoremque profiteri.
81. Quamobrem, si suscipis domesticæ laudis patrocinium,
me non solum silere de vestris monumentis oportebit, sed
etiam lætari, P. Africani ejusmodi fortunam esse mortui,
ut ejus honos ab eis, qui ex eadem familia sunt, defenda-
tur, neque ullum adventicium auxilium requiratur. Sin
istius amicitia te impedit, si hoc, quod ego abs te postulo,
minus ad officium tuum pertinere arbitrabere, succedam
ego vicarius tuo muneri; suscipiam partes, quas alienas

empêcher de voir, cacher, obs-   curcir.

esse arbitrabar. Aliquando ista præclara nobilitas desinat
queri, populum Romanum hominibus novis (1) industriis
libenter honores mandare semperque mandasse. Non est
querendum in hac civitate, quæ propter virtutem omnibus nationibus imperat, virtutem plurimum posse. Sit
apud alios imago P. Africani ; ornentur alii mortui virtute
ac nomine : talis ille vir fuit, ita de populo Romano meritus est, ut non uni familiæ, sed universæ civitati com-
mendatus esse debeat. Est aliqua mea pars virilis, quod
ejus civitatis sum, quam ille claram, amplam illustrem-
que reddidit; præcipue quod in his rebus pro mea parte
versor, quarum ille princeps fuit æquitate, industria,
temperantia, defensione miserorum, odio improborum :
quæ cognatio studiorum et artium propemodum non minus est conjuncta (2), quam ista, qua vos delectamini,
generis et nominis.

_____

CHAPITRE XXXVIII.

82. Repeto abs te, Verres, monumentum P. Africani :
causam Siculorum, quam suscepi, relinquo ; judicium de
pecuniis repetundis ne sit hoc tempore ; Segestanorum
injuriæ negligantur : basis P. Scipionis restituatur ; nomen
invicti imperatoris incidatur, signum pulcherrimum Carthagine captum reponatur. Hæc abs te non Siculorum defensor, non tuus accusator, non Segestani postulant, sed
is qui laudem gloriamque P. Africani tuendam conservan-
damque suscepit. Non vereor ne hoc officium meum P.
Servilio (1) judici non probem ; qui quum res maximas

XXXVII. 1. On sait que
homines novi sont ceux qui les
premiers de leur race étaient
élus par le peuple aux grandes
magistratures. Les anciennes
familles, en possession depuis
longtemps de ces *honores*, les
regardaient d'un œil jaloux. Cicéron était lui-même *homo no-*

vus, ainsi que son compatriote
Marius. — 2. *Cognatio... conjuncta*, alliance, liaison étroite.

XXXVIII. 1. *P. Servilius
Vatia*, avec le surnom *Isauricus*, neveu de Q. Metellus
Macedonicus, célèbre par de
grandes victoires, et de plus
(comme Cicéron le dit ailleurs)

gesserit, monumentaque suarum rerum gestarum cum-
maxime constituat atque in iis elaboret, profecto volet
hæc non solum suis posteris, verum etiam omnibus viris
fortibus et bonis civibus defendenda, non spolianda im-
probis tradere. Non vereor ne tibi, Q. Catule, displiceat,
cujus amplissimum in orbe terrarum clarissimumque monumentum est (2), quam plurimos esse custodes monu-
mentorum et putare omnes bonos alienæ gloriæ defensionem ad officium suum pertinere. 83. Equidem ceteris
istius furtis atque flagitiis ita moveor, ut ea reprehendenda
tantum putem : hic vero tanto dolore afficior, ut nihil mihi
indignius, nihil minus ferendum esse videatur. Verres
Africani monumentis domum suam, plenam flagitii, plenam dedecoris, ornabit? Verres temperantissimi sanctis-
simique viri monumentum, Dianæ simulacrum virginis,
in ea domo collocabit, in qua semper turpissima flagitia
versantur?

CHAPITRE XXXIX.

Les habitants de Tyndaris avaient aussi un Mercure que Scipion
leur renvoya de Carthage ; Verrès l'arrache du temple en faisant
subir au premier magistrat les traitements les plus odieux.

84. At hoc solum Africani monumentum violasti. Quid ?
a Tyndaritanis non ejusdem Scipionis beneficio positum
simulacrum Mercurii, pulcherrime factum, sustulisti ? At
quemadmodum, dii immortales ! quam audacter ! quam
libidinose ! quam impudenter! Audistis nuper dicere legatos Tyndaritanos, homines honestissimos ac principes
civitatis, Mercurium, qui sacris anniversariis apud eos ac
summa religione coleretur, quem P. Africanus, Carthagine
capta, Tyndaritanis non solum suæ victoriæ, sed etiam
illorum fidei societatisque monumentum atque indicium
dedisset, hujus vi, scelere imperioque esse sublatum. Qui,

ut primum in illud oppidum venit, statim, tanquam ita
fieri non solum oporteret, sed etiam necesse esset, tanquam hoc senatus mandasset, populus Romanus jussisset;
ita continuo, signum ut demolirentur et Messanam depor-
tarent, imperavit. 85. Quod quum illis, qui aderant, indignum, qui audiebant, incredibile videretur, non est ab
isto, primo illo adventu, perseveratum. Discedens mandat
proagoro (1) Sopatro, cujus verba audistis, ut demoliatur:
quum recusaret, vehementer minatur : et statim ex illo
oppido proficiscitur. Refert rem ille ad senatum : vehementer undique reclamatur. Ne multa : iterum iste ad illos
aliquanto post venit, quærit continuo de signo. Respon-
detur ei, senatum non permittere ; pœnam capitis consti-
tutam, si injussu senatus quisquam attigisset : simul religio commemoratur. Tum iste : Quam mihi religionem
narras ? quam pœnam ? quem senatum ? vivum te non
relinquam : moriere virgis, nisi mihi signum traditur.
Sopater iterum flens ad senatum rem defert, istius cupiditatem minasque demonstrat. Senatus Sopatro responsum
nullum dat, sed commotus perturbatusque discedit. Ille
prætoris arcessitus nuntio, rem demonstrat : negat ullo
modo fieri posse.

CHAPITRE XL.

86. Atque hæc (nihil enim prætermittendum de istius
impudentia videtur) agebantur in conventu, palam, de
sella ac de loco superiore. Erat hiems summa, tempestas,
ut ipsum Sopatrum dicere audistis, perfrigida, imber
maximus : quum iste imperat lictoribus, ut Sopatrum de
porticu, in qua ipse sedebat (1), præcipitem in forum
dejiciant nudumque constituant. Vix erat hoc plane
imperatum, quum illum spoliatum (2) stipatumque lictori-

XXXIX. 1. Προαγόρῳ, voy.   son sens primitif : dépouiller
la note 1 du ch. 23.   quelqu'un de ses vêtements.
    XL. 1. *Sedebat*, siégeait.—   C'est de là que, dans les bains,
2. *Spoliare* est pris ici dans   un cabinet se nommait *spolia-*

bus videres. Omnes id fore putabant, ut miser atque innocens virgis cæderetur : fefellit hîc (3) homines opinio.
Virgis iste cæderet sine causa socium populi Romani atque amicum ? Non usque eo est improbus : non omnia
sunt in uno vitia ; nunquam fuit crudelis. Leniter hominem clementerque accepit. Equestres sunt medio in
foro Marcellorum statuæ, sicuti fere ceteris in oppidis
Siciliæ (4) : ex quibus iste C. Marcelli statuam delegit,
cujus officia in illam civitatem totamque provinciam
recentissima erant et maxima. In ea Sopatrum, hominem cum domi nobilem, tum summo magistratu præditum, divaricari ac deligari jubet. 87. Quo cruciatu sit
affectus, venire in mentem necesse est omnibus, quum
esset vinctus nudus in ære, in imbri, in frigore. Neque
tamen finis huic injuriæ crudelitatique fiebat, donec
populus atque universa multitudo, atrocitate rei miseri-
cordiaque commota, senatum clamore coegit, ut isti simulacrum illud Mercurii polliceretur. Clamabant fore
ut ipsi se dii immortales ulciscerentur : hominem interea
perire innocentem non oportere. Tum frequens senatus
ad istum venit : pollicetur signum. Ita Sopater de statua
C. Marcelli, quum jam pæne obriguisset, vix vivus au-
fertur.

Non possum disposite istum accusare, si cupiam : opus
est non solum ingenio, verum etiam artificio quodam
singulari.

---

rium. — 3. *Hîc*, là, pour *in
hac re.* — 4. *Marcellorum statuæ.* Depuis la prise de la ville
de Syracuse, que Marcellus
avait ménagée le plus qu'il
avait pu, les *Marcelli* étaient
les patrons de l'île à Rome.
C. Marcellus avait été préteur
de Sicile après la désastreuse
administration de Lépidus. *Si-*

culi (dit Cicéron dans le second discours contre Verrès,
ch. 3) *illum annum Marci
Lepidi* (80 ou 79 avant J.-C.)
*pertulerunt, qui sic eos af-
flixerat, ut salvi esse non
possent, nisi C. Marcellus
quasi aliquo fato venisset,
ut bis ex eadem familia salus
Siciliæ constitueretur.*

CHAPITRE XLI.

88. Unum hoc crimen videtur esse, et a me pro uno ponitur, de Mercurio Tyndaritano : plura sunt ; sed ea quo pacto distinguere ac separare possim, nescio. Est pecuniarum captarum, quod signum ab sociis pecuniæ magnæ sustulit. Est peculatus, quod publicum populi Romani signum, de præda hostium captum, positum imperatoris nostri nomine, non dubitavit auferre. Est majestatis, quod imperii nostri gloriæ rerumque gestarum monumenta evertere atque asportare ausus est. Est sceleris, quod religiones (1) maximas violavit. Est crudelitatis, quod in hominem innocentem, in socium nostrum atque amicum, novum ac singulare supplicii genus excogitavit. 89. Illud vero quid sit, jam non queo dicere ; quo nomine appellem, nescio : quod in C. Marcelli statua (2). Quid est hoc ? Patronusne quod erat ? Quid tum ? quo id spectat ? Utrum ea res ad opem, an ad calamitatem clientium atque hospitum valere debebat ? an ut hoc ostenderes, contra vim tuam in patronis præsidii nihil esse ? Quis non hoc intelligeret, in improbi præsentis imperio majorem esse vim, quam in bonorum absentium patrocinio ? An vero ex hoc illa tua singularis significatur insolentia, superbia, contumacia ? Detrahere videlicet aliquid te de amplitudine Marcellorum putasti. Itaque nunc Siculorum Marcelli non sunt patroni : Verres in eorum locum substitutus est. 90. Quam in te tantam virtutem esse aut dignitatem arbitratus es, ut conarere clientelam tam splendidæ, tam illustris provinciæ traducere ad te, auferre a certissimis antiquissimisque patronis ? Tu ista nequitia, stultitia, inertia non modo totius Siciliæ, sed unius tenuissimi Siculi clientelam tueri potes ? Tibi Marcelli statua pro patibulo in clientes Marcellorum fuit ? tu ex illius honore in eos ipsos, qui

XLI. 1. *Religiones,* croyances religieuses. — 2. *In Marcelli statua,* s.-ent. *id supplicium in Sopatrum exercuit.*

honorem habuerant (3), supplicia quærebas? Quid postea? quid tandem tuis statuis fore arbitrabare? An vero
quod accidit? Nam Tyndaritani statuam istius, quam
sibi propter Marcellos, altiore etiam basi, poni jusserat,
deturbarunt, simulac successum (4) isti audierunt.

CHAPITRE XLII.

Dedit igitur tibi nunc fortuna Siculorum C. Marcellum
judicem, ut, cujus ad statuam Siculi, te prætore, alliga-
bantur, ejus religione te iisdem devinctum adstri-
ctumque dedamus. 91. Ac primo, judices, hoc signum
Mercurii dicebat iste Tyndaritanos M. Marcello huic Æser-
nino (1) vendidisse: atque hoc sua causa etiam M. Marcellum ipsum sperabat esse dicturum: quod mihi nunquam
veri simile visum est, adolescentem illo loco natum, pa-
tronum Siciliæ, nomen suum isti ad translationem criminis commodaturum. Verumtamen ita mihi res tota
provisa atque præcauta est, ut, si maxime esset inventus
qui in se suscipere istius culpam crimenque cuperet, tamen is proficere nihil posset. Eos enim deduxi testes, et
eas litteras deportavi, ut de istius facto dubium esse
nemini posset. 92. Publicæ litteræ sunt, deportatum Mercurium esse Messanam sumptu publico. Dicent, quanti.
Præfuisse huic negotio publice legatum Poleam. Quid?
is ubi est? Præsto est: testis est. Proagori Sopatri jussu.
Quis est hic? Qui ad statuam adstrictus est. Quid? is
ubi est? Vidistis hominem, et verba ejus audistis. Demoliendum curavit Demetrius gymnasiarchus, (2) quod

---

— 3. *Honorem habuerant*,
pour *tribuerant*, comme dans
la phrase *gratiam habere.* —
4. *Successum*, participe du
passif, comme dans *ventum
est, itum est.*

XLII. 1. Il y avait deux M.
Marcellus Æserninus, l'un qui

fut consul en 51, l'autre qui
combattit en 48 pour César
contre Cassius Longinus (*Bellum Alex.* ch. 57, 59). On
ne sait duquel des deux Cicéron
parle ici : à l'époque du procès (en 70), il était jeune homme (*adolescens*). — 2. *Gy-*

4

is ei loco præerat. Quid ? hoc nos dicimus (3) ? Imo vero ipse præsens : Romæ nuper istum ipsum esse pollicitum, sese id signum legatis redditurum, si ejus rei testificatio tolleretur cautumque esset eos testimonium non esse dicturos. Dixit hoc apud vos Zosippus et Ismenias, homines nobilissimi et principes Tyndaritanæ civitatis.

———

CHAPITRE XLIII.

A Agrigente, le peuple tient davantage à ses dieux, et c'est la nuit que Verrès se livre au pillage : il réussit à détourner l'Apollon de Myron du temple d'Esculape, mais au temple d'Hercule, la multitude surprend ses émissaires et les repousse violemment.

93. Quid? Agrigento (1) nonne ejusdem P. Scipionis monumentum, signum Apollinis pulcherrimum, cujus in femore litteris minutis argenteis nomen Myronis erat inscriptum, ex Æsculapii religiosissimo fano sustulisti? Quod quidem, judices, quum iste clam fecisset, quum ad suum scelus illud furtumque nefarium quosdam homines improbos duces atque adjutores adhibuisset, vehementer commota civitas est. Uno enim tempore Agrigentini beneficium Africani, religionem domesticam, ornamentum urbis, indicium victoriæ, testimonium societatis, requirebant. Itaque ab iis qui principes in ea civitate erant, præcipitur et negotium datur quæstoribus et ædilibus, ut noctu vigilias agerent ad ædes sacras. Etenim iste Agrigenti (credo propter multitudinem illorum hominum atque virtutem, et quod cives Romani, viri fortes atque honesti, permulti in illo oppido com-

mnasiarchus : cette statue de Mercure était donc placée dans le gymnase de Tyndaris : il y en avait dans tous les gymnases grecs. — 3. *Hoc nos dicimus?* Accentuez le mot *nos* en lisant. *Istum*, Verrès.

XLIII. 1. *Agrigento* (et non *Agrigenti*) est dû à l'influence du verbe *sustulisti*. On a comparé un passage semblable de César, *Bell. civ.* III, ch. 105 : *T. Ampium conatum esse tollere pecunias* EPHESO *ex fano Dianæ.* Cicéron dit de même, au § 112 : HENNA

junctissimo animo cum ipsis Agrigentinis vivunt ac ne-
gotiantur) non audebat palam poscere aut tollere quæ
placebant. 94. Herculis templum est apud Agrigentinos,
non longe a foro, sane sanctum apud illos et religiosum.
Ibi est ex ære simulacrum ipsius Herculis, quo non facile dixerim quicquam me vidisse pulchrius (tametsi non
tam multum in istis rebus intelligo, quam multa vidi),
usque eo, judices, ut rictum (2) ejus ac mentum paulo
sit attritius, quod in precibus et gratulationibus non solum id venerari, verum etiam osculari solent. Ad hoc templum, quum esset iste Agrigenti, duce Timarchide (3),
repente, nocte intempesta, servorum armatorum fit
concursus atque impetus. Clamor a vigilibus fanique cu-
stodibus tollitur : qui primo quum obsistere ac defendere
conarentur, male mulcati (4) clavis ac fustibus repellun-
tur. Postea, convulsis repagulis effractisque valvis, de-
moliri signum ac vectibus labefactare conantur. Interea
ex clamore fama tota urbe percrebuit, expugnari deos
patrios, non hostium adventu necopinato neque repen-
tino prædonum impetu, sed ex domo atque ex cohorte
prætoria manum fugitivorum (5) instructam armatamque
venisse. 95. Nemo Agrigenti neque ætate tam affecta
neque viribus tam infirmis fuit, qui non illa nocte eo
nuntio excitatus surrexit telumque, quod cuique fors
offerebat, arripuerit. Itaque brevi tempore ad fanum ex
urbe tota concurritur. Horam amplius (6) jam in demo-

tu simulacrum Cereris tollere
audebas ?—2. Rictum, forme
archaïque notée par les gram-
mairiens dans ce passage même,
pour rictus. Pline, H. Nat.
XI, ch. 45 : Antiquis Græ-
ciæ in supplicationibus mentum attingere mos erat. Voyez
le premier chant de l'Iliade,
v. 500 et suiv., dans lesquels
Homère peint l'attitude des sup-
pliants. Les baisers se rappor-
tent aux gratulationes, c'est-à-

dire, gratiarum actiones. —
3. Timarchide, voy. ch. 10,
note 4. — 4. Mulcare, mal-
traiter ; mulctare ou multare,
infliger une peine pécuniaire.
— 5. Fugitivus (esclave qui
s'enfuit de chez son maître) de-
vint plus tard la désignation
générale de tout esclave auda-
cieux et malfaiteur. — 6. Horam amplius pour amplius
quam horam. Quand le mot
amplius est mis après le chif-

liendo signo permulti homines moliebantur : illud interea nulla lababat ex parte : quum alii vectibus sub-
jectis conarentur commovere, alii deligatum omnibus
membris rapere ad se funibus. Ac repente Agrigentini
concurrunt : fit magna lapidatio : dant sese in fugam
istius præclari imperatoris nocturni milites : duo tamen
sigilla perparvula tollunt, ne omnino inanes ad istum
prædonem religionum revertantur. Nunquam tam male
est Siculis, quin aliquid facete et commode dicant (7):
velut in hac re aiebant in labores Herculis non minus
hunc immanissimum Verrem quam illum aprum Ery-
manthium referri oportere.

CHAPITRE XLIV.

Les habitants d'Assorus réussirent aussi à préserver leur statue
du fleuve Chrysas; mais le sanctuaire de la mère des dieux à Enguinum est dépouillé complètement

96. Hanc virtutem Agrigentinorum imitati sunt As-
sorini (1) postea, viri fortes et fideles, sed nequaquam
ex tam ampla neque tam ex nobili civitate. Chrysas est
amnis, qui per Assorinorum agros fluit. Is apud illos
habetur deus et religione maxima colitur. Fanum ejus est
in agro propter ipsam viam, qua Assoro itur Ennam. In
eo Chrysæ simulacrum est, præclare factum e marmore.
Id iste poscere Assorinos propter singularem ejus fani
religionem non ausus est : Tlepolemo dat et Hieroni negotium. Illi noctu, facta manu (2) armataque, veniunt :

fre, comme ici (*horam p. unam
horam*) et dans le discours *pro
Flacco*, ch. 28 : *Expensum
est... Laodiceæ viginti pondo
paullo amplius*, on pourrait
croire à une omission de *et :*
horam ET *amplius* (*eâ*); 20
pondo ET *paullo amplius.* — 7.
Facete et commode dicant.

Cicéron dit dans son *de Oratore : Siculi in facetiis excel-
lunt.*

XLIV. 1. *Assorus* ou *Asso-
rium*, ville située entre Enna
et Agyrium, près de la petite
rivière Chrysas. — 2. *Facere
manum*, comme *facere exercitum*, pour *comparare, colli-*

fores ædis effringunt : æditumi (3) custodesque mature
sentiunt : signum, quod erat notum vicinitati, buccina
datur : homines ex agris concurrunt : ejicitur fugatur-
que Tlepolemus : neque quicquam ex fano Chrysæ præter unum perparvulum signum ex ære desideratum est.
. 97. Matris Magnæ fanum apud Enguinos (4) est. (Jam
enim non modo breviter mihi de unoquoque dicendum ,
sed etiam prætereunda videntur esse permulta , ut ad
majora istius et illustriora in hoc genere furta et scelera
veniamus.) In hoc fano loricas galeasque æneas (5) ,
cælatas opere Corinthio, hydriasque grandes, simili in genere atque eadem arte perfectas, idem ille Scipio, vir omnibus rebus præcellentissimus, posuerat , et suum nomen
in scripserat. Quid jam de isto plura dicam aut querar ?
omnia illa, judices, abstulit : nihil in religiosissimo fano ,
præter vestigia violatæ religionis nomenque P. Scipionis,
reliquit : hostium spolia, monumenta imperatorum, de-
cora atque ornamenta fanorum posthac, his præclaris
nominibus amissis, in instrumento atque in supellectile
C. Verri nominabuntur. 98. Tu videlicet solus vasis Co-
rinthiis delectaris : tu illius æris temperationem, tu operum lineamenta sollertissime perspicis. Hæc Scipio ille
non intelligebat, homo doctissimus atque humanissimus:
tu sine ulla bona arte, sine humanitate, sine ingenio,

gere hominum multitudinem.
— 3. Æditumi : cette forme
archaïque pour æditui est at-
testée ici par Aulu-Gelle XII ,
ch. 10. — 4. Enguinum ,
Ἐγγύϊνον ou Ἔγγυιον, ville
de l'intérieur, au nord d'Enna,
entre les monts Nebrodes, Maro
et Heræus. Dans cette ville se
pratiquait un culte Crétois, celui des θεαὶ μητέρες , Deæ
Matres, des nourrices de Jupiter; voy. le récit de Posidonius dans Plutarque , Vie de
Marcellus, ch. 20, et celui de
Diodore, IV, ch. 79. C'est par
inadvertance que Cicéron confond ici ces Deæ Matres avec
la Mater Magna Deûm, Cy-
bèle. — 5. Loricas galeasque
æneas. Ces casques et ces cui-
rasses d'airain servaient sans
doute aux danses armées (ἐνό-
πλιοι ὀρχήσεις), par lesquelles
on figura les danses bruyantes
que les Corybantes exécutaient
afin d'empêcher que Saturne
n'entendît les vagissements de
Jupiter enfant. Posidonius aussi
mentionne ces armes.

4.

sine litteris, intelligis et judicas. Vide ne ille non solum
temperantia, sed etiam intelligentia te atque istos qui se
elegantes dici volunt, vicerit. Nam quia, quam pulchra
essent, intelligebat, idcirco existimabat ea non ad hominum luxuriem, sed ornatum fanorum atque oppidorum esse facta, ut posteris nostris monumenta religiosa
esse videantur.

CHAPITRE XLV.

A Catane, Verrès enlève de nuit la statue de Cerès; le peuple
se soulève; Verrès met en jugement un esclave comme coupable
de ce rapt; mais l'humanité des juges, instruits de la vérité, recule
devant ce sacrifice à la convoitise du préteur; l'esclave est absous.

99. Audite etiam singularem ejus, judices, cupiditatem,
audaciam, amentiam in iis præsertim sacris polluendis,
quæ non modo manibus attingi, sed ne cogitatione quidem violari fas fuit. Sacrarium Cereris est apud Catinenses, eadem religione, qua Romæ (1), qua in ceteris locis,
qua prope in toto orbe terrarum. In eo sacrario intimo
signum fuit Cereris perantiquum, quod viri non modo
cujusmodi esset, sed ne esse quidem sciebant : aditus
enim in id sacrarium non est viris; sacra per mulieres ac
virgines confici solent. Hoc signum noctu clam istius servi
ex illo religiosissimo atque antiquissimo loco sustulerunt.
Postridie sacerdotes Cereris atque illius fani antistitæ,
majores natu, probatæ ac nobiles mulieres, rem ad magistratus suos deferunt. Omnibus acerbum, indignum,
luctuosum denique videbatur. 100. Tum iste permotus

XLV. 1. *Qua Romæ*. Voici
ce que dit à ce sujet Cicéron,
dans le discours *pro Balbo*,
ch. 24 : « Cereris sacra summa
« majores nostri religione con-
« fici cerimoniaque voluerunt :
« quæ quum essent assumpta
« de Græcia, ... eam, quæ
« Græcum illud sacrum mon-
« straret et faceret, ex Græcia
« deligebant, tamen sacra pro
« civibus civem (civem *est au*
« *féminin*) facere voluerunt,
« ut deos immortales scientia
« peregrina et externa, mente
« domestica et civili precare-

illa atrocitate negotii, ut ab se sceleris illius suspicio demoveretur, dat hospiti suo cuidam negotium, ut aliquem reperiret, quem illud fecisse insimularet, daretque operam, ut is eo crimine damnaretur, ne ipse esset in crimine. Res non procrastinatur. Nam quum iste Catina profectus esset, servi cujusdam nomen defertur. Is accusatur : ficti testes in eum dantur. Rem cunctus senatus Catinensium legibus judicabat. Sacerdotes vocantur : ex iis quæritur secreto in curia, quid esse factum arbitrarentur, quemadmodum signum esset ablatum. Respondent illæ, prætoris in eo loco servos esse visos. Res, quæ esset jam antea non obscura, sacerdotum testimonio perspicua esse cœpit. Itur in consilium : servus ille innocens omnibus sententiis absolvitur, quo facilius vos hunc omnibus sententiis condemnare possitis. 101. Quid enim postulas, Verres? quid speras? quid exspectas? quem tibi aut deum aut hominem auxilio futurum putas? Eone tu servos ad spoliandum fanum immittere ausus es, quo liberos adire ne orandi quidem causa fas erat? Hisne rebus manus afferre non dubitasti, a quibus etiam oculos cohibere te religionum jura cogebant? Tametsi ne oculis quidem captus (2) in hanc fraudem tam sceleratam ac tam nefariam decidisti : nam id concupisti, quod nunquam videras; id, inquam, adamasti, quod antea non aspexeras. Auribus tu tantam cupiditatem concepisti, ut eam non metus, non religio, non deorum vis, non hominum existimatio contineret. 102. At ex bono viro, credo, audieras et bono auctore. Qui id potes, qui ne ex viro quidem audire potueris? Audisti igitur ex muliere; quoniam id viri nec vidisse nec nosse poterant. Qualem porro illam feminam fuisse putatis, judices? quam pudicam, quæ cum Verre loqueretur? quam religiosam, quæ sacrarii spoliandi rationem ostenderet? An minime mirum, quæ sacra per summam castimoniam virorum (3) ac mulierum fiant, eadem per istius cupidinem ac flagitium esse violata?

« tur. » — 2. *Oculis captus* signifie souvent *aveugle ;* mais ici : captivé, enflammé de désir par la vue de l'objet. — 3. *Virorum,* parce qu'ils s'en tenaient éloignés. *An minime*

CHAPITRE XLVI.

Sur le promontoire de Mélita est un temple de Junon respecté de
tous, amis et ennemis, dans la guerre comme dans la paix, par
les ordres de Verrès, il a été complètement pillé.

Quid ergo ? hoc solum auditione expetere cœpit, quum
id ipse non vidisset ? Imo vero alia complura : ex quibus
eligam spoliationem nobilissimi atque antiquissimi fani,
de qua priore actione testes dicere audistis : nunc eadem
illa, quæso, audite et diligenter, sicut adhuc fecistis, attendite. 103. Insula est Melita, judices, satis lato a Sicilia
mari periculosoque dijuncta : in qua est eodem nomine
oppidum, quo iste nunquam accessit : quod tamen isti
textrinum per triennium ad muliebrem vestem (1) confi-
ciendam fuit. Ab eo oppido non longe in promontorio fanum est Junonis antiquum, quod tanta religione semper
fuit, ut non modo illis Punicis bellis, quæ in his fere locis
navali copia (2) gesta atque versata sunt, sed etiam in
hac prædonum multitudine semper inviolatum sanctum-
que fuerit. Quin etiam hoc memoriæ proditum est, classe
quondam Masinissæ regis ad eum locum appulsa, præfe-
ctum regium dentes eburneos incredibili magnitudine e
fano sustulisse et eos in Africam portasse Màsinissæque
donasse. Regem primo delectatum esse munere : post,
ubi audisset unde essent, statim certos (3) homines in
quinqueremi misisse, qui eos dentes reponerent. Itaque in
iis scriptum litteris Punicis fuit, *regem Masinissam im-*
prudentem accepisse, re cognita reportandos curasse.
Erat præterea magna vis eboris, multa ornamenta, in quibus eburneæ Victoriæ, antiquo opere ac summa arte per-

mirum...? est-il étonnant le
moins du monde...? doit-on le
moins du monde s'étonner de
ce que...

XLVI. 1. *Muliebrem ve-*
stem, collectif pour *vestes*
muliebres, *mundum mulie-*

brem.— 2. *Navali copia* pour
copiis navalibus. M. Zumpt
remarque que le singulier *copia*
se trouve ainsi employé quatre
fois dans deux lettres du grand
Pompée (Cic. *ad Atticum*,
VIII, 12). — 3. *Certos*, voy.

fectæ. 104. Hæc iste omnia, ne multis morer, uno impetu atque uno nuntio per servos Venerios (4), quos ejus rei causa miserat, tollenda atque asportanda curavit.

———

CHAPITRE XLVII.

Proh dii immortales ! quem ego hominem accuso ? quem legibus aut judiciali jure (1) persequor ? de quo vos sententiam per tabellam feretis ? Dicunt legati Melitenses publice, spoliatum templum esse Junonis ; nihil istum in religiosissimo fano reliquisse : quem in locum classes hostium sæpe accesserint, ubi piratæ fere quotannis hiemare soleant ; quod neque prædo violaverit ante, neque unquam hostis attigerit, id ab uno isto sic spoliatum esse, ut nihil omnino sit relictum. Hic nunc iste reus, aut ego accusator, aut hoc judicium appellabitur ? Criminibus enim coarguitur aut suspicionibus in judicium vocatur (2) ! Dii ablati, fana vexata, nudatæ urbes reperiuntur : earum autem rerum nullam sibi iste neque inftiandi rationem neque defendendi facultatem reliquit : omnibus in rebus coarguitur a me, convincitur a testibus, urgetur confessione sua, manifestis in maleficiis tenetur : et manet etiam, ac tacitus facta mecum sua recognoscit.

105. Nimium mihi diu videor in uno genere versari criminum. Sentio, judices, occurrendum esse satietati aurium animorumque vestrorum. Quamobrem multa præ-

---

la note 3 du ch. 18.—4. Servos Venerios, voy. la note 3 du ch. 14.

XLVII. 1. Judiciale jus, pour jus judiciorum, la procédure des tribunaux fondée sur le droit. Cicéron veut dire que le crime de sacrilége est trop abominable pour être porté devant le tribunal ordinaire. — 2. Criminibus coarguitur aut

suspicionibus in judicium vocatur ! Ironie mordante. Après avoir donné les preuves les plus palpables des crimes de Verrès, l'orateur ajoute : « Vous le voyez, on prend [comme il veut vous le faire croire] les griefs pour des preuves (criminibus coarguitur) ; ou on l'appelle en justice sur de simples soupçons. »

termittam. Ad ea autem, quæ dicturus sum, reficite vos, quæso, judices, per deos immortales! eos ipsos, de quorum religione jam diu dicimus, dum id ejus facinus commemoro et profero, quo provincia tota commota est. De quo si paullo altius ordiri ac repetere memoriam religionis videbor, ignoscite : rei magnitudo me breviter perstringere atrocitatem criminis non sinit.

CHAPITRE XLVIII.

C'était une antique tradition que Cerès naquit à Enna ; là se trouvait donc le plus respecté des sanctuaires de la déesse ; là s'adressaient les hommages de tout l'empire, jamais un seul outrage n'avait été commis : Verrès enlève la statue de Cérès tenant une Victoire. Une telle profanation a fait plus d'impression sur la Sicile que tous ses autres méfaits.

106. Vetus est hæc opinio, judices, quæ constat ex antiquissimis Græcorum litteris ac monumentis, insulam Siciliam totam esse Cereri et Liberæ consecratam. Hoc quum ceteræ gentes sic arbitrantur, tum ipsis Siculis ita persuasum est, ut in animis eorum insitum atque innatum esse videatur. Nam et natas esse has in iis locis deas, et fruges in ea terra primum repertas esse arbitrantur, et raptam esse Liberam, quam eandem Proserpinam vocant, ex Hennensium nemore ; qui locus, quod in media est insula situs, umbilicus Siciliæ nominatur. Quam quum investigare et conquirere Ceres vellet, dicitur inflammasse tædas iis ignibus, qui ex Ætnæ vertice erumpunt : quas sibi quum ipsa præferret, orbem omnium peragrasse terrarum. 107. Henna autem, ubi ea quæ dico gesta esse memorantur, est loco perexcelso atque edito, quo in summo est æquata agri planities et aquæ perennes ; tota vero ab omni aditu circumcisa, atque directa (1) est : quam circa lacus lucique sunt plurimi atque lætissimi flores omni tempore anni, locus ut ipse raptum illum virginis (2),

XLVIII. 1. *Directa*, s'élevant tout droit, à pic, **César**, *Bell. civ.* I, ch. 41 : *Præruptus locus erat, omni ex parte directus.* — 2. *Raptum virginis,* pendant qu'elle cueil-

quem jam à pueris accepimus, declarare videatur. Etenim prope est spelunca quædam, conversa ad aquilonem, infinita altitudine (3), qua Ditem patrem ferunt repente cum curru exstitisse, abreptamque ex eo loco virginem secum asportasse, et subito non longe à Syracusis penetrasse sub terras, lacumque in eo loco repente exstitisse; ubi usque ad hoc tempus Syracusani festos dies anniversarios agunt celeberrimo virorum mulierumque conventu.

CHAPITRE XLIX.

Propter hujus opinionis vetustatem, quod horum in iis locis vestigia ac prope incunabula reperiuntur deorum (1), mira quædam tota Sicilia privatim ac publice religio est Cereris Hennensis. Etenim multa sæpe prodigia vim ejus numenque declarant : multis sæpe in difficillimis rebus præsens auxilium (2) ejus oblatum est, ut hæc insula ab ea non solum diligi, sed etiam incoli custodirique videatur. 108. Nec solum Siculi, verum etiam ceteræ gentes nationesque Hennensem Cererem maxime colunt. Etenim, si Atheniensium sacra (3) summa cupiditate expetuntur, ad quos Ceres in illo errore venisse dicitur frugesque attulisse, quantam esse religionem convenit eorum, apud quos eam natam esse et fruges invenisse constat? Itaque apud patres nostros, atroci ac difficili rei publicæ tempore, quum Tib. Graccho occiso magnorum periculorum metus ex ostentis portenderetur, P. Mucio L. Calpurnio consulibus (4), aditum est ad libros Sibyllinos : ex quibus

lait des fleurs dans les belles prairies de Henna, décrites par Diodore de Sicile, V, ch. 3. Voyez aussi le poëme de Claudien *de raptu Proserpinæ.* — 3. *Altitudine*, profondeur. *Dis pater*, Pluton.

XLIX. 1. *Horum deorum* est ici l'expression générale pour *numinum*, sans distinction de

sexe. En grec, θεός est *generis communis.* — 2. *Præsens auxilium*, secours instantané. — 3. *Atheniensium sacra*, les mystères d'Éleusis, dans lesquels Cérès était honorée comme l'auteur de la civilisation du monde, introduite à la suite de l'agriculture. — 4. *P. Mucio L. Calpurnio consulibus,* l'an

inventum est Cererem antiquissimam placari oportere. Tum ex amplissimo collegio decemvirali (5) sacerdotes populi Romani, quum esset in urbe nostra Cereris pulcherrimum et magnificentissimum templum, tamen usque Hennam profecti sunt. Tanta erat enim auctoritas et vetustas illius regionis, ut, quum illuc irent, non ad ædem Cereris, sed ad ipsam Cererem proficisci viderentur. 109. Non obtundam (6) diutius. Etenim jamdudum vereor ne oratio mea, aliena ab judiciorum ratione et quotidiana dicendi consuetudine esse videatur. Hoc dico, hanc ipsam Cererem, antiquissimam, religiosissimam, principem omnium sacrorum, quæ apud omnes gentes nationesque fiunt, a C. Verre ex suis templis ac sedibus esse sublatam. Qui accessistis Hennam, vidistis simulacrum Cereris e marmore, et in altero templo Liberæ. Sunt ea perampla atque præclara, sed non ita antiqua. Ex ære fuit quoddam modica amplitudine ac singulari opere, cum facibus, perantiquum, omnium illorum, quæ sunt in eo fano, multo antiquissimum. Id sustulit; ac tamen eo contentus non fuit. 110. Ante ædem Cereris in aperto ac propatulo loco signa duo sunt, Cereris unum, alterum Triptolemi (7), pulcherrima ac perampla. Pulchritudo periculo, amplitudo saluti fuit, quod eorum demolitio atque asportatio perdifficilis videbatur. Insistebat in manu Cereris dextra grande simulacrum (8) pulcherrime factum Victoriæ. Hoc iste e signo Cereris avellendum asportandumque curavit.

---

133 av. J.-C. — 5. *Collegio decemvirali*, le collége des *decemviri* (depuis Sylla *quindecimviri*) *sacris faciundis*, auxquels était confiée la garde des livres Sibyllins. — 6. *Obtundere* a, dans d'autres passages de Cicéron, son accusatif *aures vestras* ou *auditores :* Térence l'emploie aussi sans régime, pour *inaniter loquendo fatigare.* — 7. *Triptolemi*, celui que, selon la fable, Cérès envoya d'Athènes pour faire connaître le blé et enseigner l'agriculture aux hommes. — 8. *Grande simulacrum... Victoriæ :* la statue de Cérès étant colossale, cette Victoire sur sa main était grande aussi à proportion : ordinairement ces Victoires étaient petites et se nomment à cause de cela *Victoriolæ.*

CHAPITRE L.

Qui tandem istius animus est nunc in recordatione
scelerum suorum, quum ego ipse in commemoratione eorum non solum animo commovear, verum etiam corpore
perhorrescam? Venit enim mihi fani, loci, religionis illius
in mentem (1) : versantur ante oculos omnia : dies ille,
quo ego Hennam quum venissem, præsto mihi sacerdotes
Cereris cum infulis ac verbenis fuerunt : concio conven-
tusque civium ; in quo ego quum loquerer, tanti gemitus
fletusque fiebant, ut acerbissimus tota urbe luctus versari
videretur. 111. Non illi decumarum imperia, non bonorum direptiones, non iniqua judicia, non importunas
istius libidines, non vim, non contumelias, quibus vexati
oppressique erant, conquerebantur : Cereris numen,
sacrorum vetustatem, fani religionem, istius sceleratissimi
atque audacissimi supplicio expiari volebant : omnia se
cetera pati ac negligere dicebant. Hic dolor erat tantus,
ut Verres alter Orcus venisse Hennam, et non Proserpinam asportasse, sed ipsam abripuisse Cererem videretur.
Etenim urbs illa non urbs videtur, sed fanum Cereris
esse : habitare apud sese Cererem Hennenses arbitrantur :
ut mihi non cives illius civitatis, sed omnes sacerdotes,
omnes accolæ atque antistites Cereris esse videantur.
112. Henna tu simulacrum Cereris tollere (2) audebas?
Henna tu de manu Cereris Victoriam deripere et deam
deæ detrahere conatus es? quorum nihil violare, nihil
attingere ausi sunt, in quibus erant omnia quæ sceleri
propiora sunt quam religioni. Tenuerunt enim, P. Popillio
P. Rupilio consulibus (3), illum locum servi, fugitivi,

L. 1. *Venire in mentem* a
deux constructions : *aliquid
mihi venit in m.*, et *venit
mihi in m. alicujus rei* : cette
dernière est une construction
πρὸς τὸ σημαινόμενον (faite
selon le sens et non selon les
lois des liaisons grammaticales),

d'après celle de *meminisse alicujus rei.* — 2. Henna... tollere, voy. la note 1 du ch. 43.
— 3. P. Popillio P. Rupilio
consulibus, en 132 av. J.-C.
Le second de ces consuls prit
Tauromenium (auj. Taormina),
et mit fin à la première guerre

barbari, hostes. Sed neque tam servi illi dominorum, quam
tu libidinum : neque tam fugitivi illi a dominis, quam tu
ab jure et ab legibus : neque tam barbari lingua et natione
illi, quam tu natura et moribus : neque tam illi hostes
hominibus, quam tu diis immortalibus. Quæ deprecatio
est igitur ei reliqua, quæ indignitate servos, temeritate
fugitivos, scelere barbaros, crudelitate hostes vicerit ?

CHAPITRE LI.

113. Audistis Theodorum et Numenium et Nicasionem,
legatos Hennenses, publice dicere sese a suis civibus hæc
habere mandata, ut Verrem adirent et eum simulacrum
Cereris et Victoriæ reposcerent : id si impetrassent, tum
ut morem veterem Hennensium conservarent, publice in
eum, tametsi vexasset Siciliam, tamen (1), quoniam hæc
a majoribus instituta accepissent, testimonium ne quod
dicerent : sin autem ea non reddidisset, tum ut in judicio
adessent, tum ut de ejus injuriis judices docerent, sed
maxime de religione quererentur. Quas illorum querimo-
nias nolite, per deos immortales ! aspernari ; nolite con-
temnere ac negligere, judices. Aguntur injuriæ sociorum :
agitur vis legum : agitur existimatio veritasque judiciorum (2). Quæ sunt omnia permagna, verum illud maximum : tanta religione obstricta tota provincia est, tanta
superstitio ex istius facto mentes omnium Siculorum oc-
cupavit, ut quæcumque accidant publice privatimque in-
commoda, propter eam causam sceleris istius (3) evenire

des esclaves. Voyez, par cet
exemple, quel avantage Cicéron
sait tirer de la comparaison. De
tels mouvements, produits par
une comparaison, sont fré-
quents dans ses discours.

LI. 1. *Tamen*, joignez avec
publice. — 2. *Veritas judiciorum.* Cicéron répète encore

deux fois dans les Verrines *veritas judiciorum,* changé par
quelques-uns en *severitas.* Ce
sont des jugements justes portés
par des juges non influencés
dans leur exacte et véritable ap-
préciation des délits. — 3.
*Propter eam causam sceleris
istius :* remarquez que le gé-

videantur. 114. Audistis Centuripinos, Agyrinenses, Catinenses, Ætnenses, Herbitenses (4) compluresque alios publice dicere, quæ solitudo in agris esset, quæ vastitas, quæ fuga aratorum, quam deserta, quam inculta, quam relicta omnia. Ea tametsi multis istius et variis injuriis acciderunt, tamen hæc una causa in opinione Siculorum plurimum valet, quod, Cerere violata, omnes cultus fructusque Cereris in iis locis interisse arbitrantur. Medemini religioni sociorum; judices : conservate vestram. Neque enim hæc externa vobis est religio neque aliena. Quodsi esset, si suscipere eam nolletis; tamen in eo, qui violasset, sancire vos velle oporteret. 115. Nunc vero in communi omnium gentium religione, inque iis sacris, quæ majores nostri ab exteris nationibus ascita atque arcessita coluerunt, quæ sacra, ut erant re vera, sic appellari Græca (5) voluerunt, negligentes ac dissoluti, si cupiamus esse, qui possumus?

CHAPITRE LII.

Syracuse, la plus belle des villes, fut l'objet de tous les ménagements de Marcellus, lorsqu'il la prit d'assaut ; le pillage avait épargné ses temples. Verrès, en pleine paix, a fait voir le contraire. Le temple de Minerve, dans l'île, plein de trésors de l'art, est dévasté ; la Sapho de Silanion enlevée du Prytanium ; Péan n'est plus dans le temple d'Esculape ; le Jupiter est enlevé de son sanctuaire, et une immense quantité de trésors a disparu des temples de la cité.

Unius etiam urbis, omnium pulcherrimæ atque ornatissimæ, Syracusarum direptionem commemorabo et in medium proferam, judices, ut aliquando totam hujus generis orationem concludam atque definiam. Nemo fere

nitif *sceleris* sert à expliquer de pronom *eam* : par cette cause qui consiste dans son forfait. Ainsi dans le second livre *de Officiis*, ch. 5, on lit : *collectis ceteris causis eluvionis, pestilentiæ, vastitatis :* ces trois substantifs indiquent quelles sont les *ceteræ causæ.* — 4. *Herbita,* à l'est de la Sicile, au sud d'Agyrium et de Hybla. — 5. *Appellari Græca,* voy. le passage cité dans la note I du ch. 45.

vestrûm est quin, quemadmodum captæ sint a M. Marcello Syracusæ, sæpe audierit, nonnunquam etiam in annalibus legerit (1). Conferte hanc pacem cum illo bello,
hujus prætoris adventum cum illius imperatoris victoria,
hujus cohortem impuram cum illius exercitu invicto,
hujus libidines cum illius continentia : ab illo, qui cepit,
conditas, ab hoc, qui constitutas accepit, captas dicetis
Syracusas. 116. Ac jam illa omitto, quæ disperse a me
multis in locis dicentur ac dicta sunt, forum Syracusanorum, quod introitu Marcelli purum cæde servatum est, id
adventu Verris Siculorum innocentium sanguine redun-
dasse ; portum Syracusanorum, qui tum et nostris classi-
bus et Carthaginiensium clausus fuisset, eum, isto prætore, Cilicum myoparoni (2) prædonibusque patuisse :
mitto adhibitam vim ingenuis, matresfamilias violatas,
quæ tum in urbe capta commissa non sunt, neque odio
hostili, neque licentia militari, neque more belli, neque
jure victoriæ ; mitto, inquam, hæc omnia, quæ ab isto
per triennium perfecta sunt : ea, quæ conjuncta cum
illis rebus sunt, de quibus antea dixi, cognoscite. 117. Urbem Syracusas maximam esse Græcarum, pulcherrimam
omnium (3), sæpe audistis. Est, judices, ita, ut dicitur.
Nam et situ est quum munito, tum ex omni aditu, vel
terra, vel mari, præclaro ad aspectum : et portus habet
prope in ædificatione aspectuque urbis inclusos : qui quum
diversos inter se aditus habeant, in exitu (4) conjungun-
tur et confluunt. Eorum conjunctione pars oppidi, quæ

LII. 1. *In Annalibus legerit.* Voyez le récit que Tite-
Live fait du siége et de la prise
de Syracuse par Marcellus, dans
notre *Choix de Narrations,*
p. 139-150. — 2. *Myoparo*
« est navicula piratarum. » *No-
nius.* — 3. *Urbem Syracusas
maximam...* Cicéron dit de
même dans sa République, l. III,
ch. 31 : *Urbs illa præclara,
quam ait Timæus Græcarum*
*maximam, omnium autem
esse pulcherrimam,* etc. — 4.
In exitu, les limites du port
du côté de la ville, ou plutôt
dans la ville même. Quand l'auteur dit *diversos inter se* ADI-
TUS *habent,* il parle du côté
de la mer ; ces *aditus* aboutis-
sent (*exitum habent*) au grand
port, et isolant une partie de
la ville, en font une île, dite
Νᾶσος, *Insula.*

appellatur Insula, mari dijuncta angusto, ponte rursus adjungitur et continetur.

CHAPITRE LIII.

118. Ea tanta est urbs, ut ex quattuor urbibus maximis constare dicatur : quarum una est ea, quam dixi, Insula : quæ duobus portubus cincta, in utriusque portus ostium aditumque projecta est : in qua domus est, quæ regis Hieronis fuit, qua prætores uti solent. In ea sunt ædes sacræ complures, sed duæ, quæ longe ceteris antecellant, Dianæ, et altera, quæ fuit ante istius adventum ornatissima, Minervæ. In hac Insula extrema est fons aquæ dulcis, cui nomen Arethusa est, incredibili magnitudine, plenissimus piscium ; qui fluctu totus operiretur, nisi munitione ac mole lapidum dijunctus esset a mari. **119.** Altera autem est urbs Syracusis, cui nomen Achradina est : in qua forum maximum, pulcherrimæ porticus, ornatissimum prytaneum, amplissima est curia, templumque egregium Jovis Olympii, ceteræque urbis partes (1), quæ una via lata perpetua multisque transversis divisæ privatis ædificiis continentur. Tertia est urbs, quæ, quod in ea parte Fortunæ fanum antiquum fuit, Tycha nominata est, in qua gymnasium amplissimum est, et complures ædes sacræ : coliturque ea pars et habitatur frequentissime. Quarta autem est, quæ, quia postrema coædificata est, Neapolis (2) nominatur : quam ad summam theatrum maximum, præterea duo templa sunt egregia, Cereris unum, alterum Liberæ, signumque Apollinis, qui Temenites (3) vocatur, pulcherrimum et maximum, quod iste si portare potuisset, non dubitasset auferre.

LIII. 1. *Ceteræque urbis partes*, s.-ent. *his respondentes*, ou *his dignæ*, ou *ejusdemmodi sunt*. A chacun des édifices qu'il vient de nommer, Cicéron ajoute une épithète au superlatif : l'idée générale de ces épithètes doit être suppléée avec *ceteræ urbis partes*. *Via lata* (πλατεῖα, d'où *platea*), grande rue, opposé à *semita*, petite rue. — 2. Νέα πόλις, ville nouvelle.— 3. *Temenites*, de Τέμενος, une place près de

CHAPITRE LIV.

120. Nunc ad Marcellum revertar, ne hæc a me sine causa commemorata esse videantur. Qui quum tam præclaram urbem vi copiisque cepisset, non putavit ad laudem populi Romani hoc pertinere, hanc pulchritudinem, ex qua præsertim periculi nihil ostenderetur, delere et exstinguere. Itaque ædificiis omnibus, publicis privatis, sacris profanis, sic pepercit, quasi ad ea defendenda cum exercitu, non oppugnanda venisset. In ornatu urbis habuit victoriæ rationem, habuit humanitatis. Victoriæ putabat esse multa Romam deportare, quæ ornamento Urbi esse possent; humanitatis, non plane exspoliare urbem, præsertim quam conservare voluisset. 121. In hac partitione ornatus non plus victoria Marcelli populo Romano appetivit, quam humanitas Syracusanis reservavit. Romam quæ apportata sunt, ad ædem Honoris et Virtutis (1), itemque aliis in locis videmus. Nihil in ædibus, nihil in hortis posuit, nihil in suburbano : putavit, si urbis ornamenta domum suam non contulisset, domum suam ornamento urbi futuram. Syracusis autem permulta atque egregia reliquit : deum vero nullum violavit, nullum attigit. Conferte Verrem : non ut hominem cum homine comparetis, ne qua tali viro mortuo fiat injuria ; sed ut pacem cum bello, leges cum vi, forum et jurisdictionem cum ferro et armis, adventum et comitatum cum exercitu et victoria conferatis.

___

CHAPITRE LV.

122. Ædes Minervæ est in Insula, de qua ante dixi : quam Marcellus non attigit, quam plenam atque ornatam

Syracuse, au-dessous d'*Epipolæ*, qui était un faubourg de Syracuse, situé sur une hauteur escarpée et hors de l'enceinte de la ville, du côté de l'Achradine. Cette statue d'Apollon échappa à Verrès ; mais elle fut transportée à Rome sous Tibère.

LIV. 1. *Ædem Honoris et Virtutis,* construit et consacré par Marcellus.

reliquit, quæ ab isto sic spoliata atque direpta est, non ut
ab hoste aliquo, qui tamen in bello religionum et consue-
tudinis jura contineret (1), sed ut a barbaris prædonibus
vexata esse videatur. Pugna erat equestris Agathocli (2)
regis in tabulis picta : his autem tabulis interiores templi
parietes vestiebantur. Nihil erat ea pictura nobilius, nihil
Syracusis, quod magis visendum putaretur. Has tabulas
M. Marcellus, quum omnia victoria illa sua profana fecisset (3), tamen religione impeditus non attigit : iste, quum
illa jam propter diuturnam pacem fidelitatemque populi
Syracusani sacra religiosaque accepisset, omnes eas tabulas abstulit : parietes, quorum ornatus tot sæcula
manserat, tot bella effugerat, nudos ac deformatos reliquit. 123. Et Marcellus, qui, si Syracusas cepisset, duo
templa se Romæ dedicaturum voverat (4), is id, quod
erat ædificaturus, iis rebus ornare, quas ceperat, noluit :
Verres, qui non Honori neque Virtuti, quemadmodum
ille, sed Veneri et Cupidini vota deberet, is Minervæ
templum spoliare conatus est. Ille deos deorum spoliis
ornare noluit : hic ornamenta Minervæ virginis in mere-
triciam domum transtulit. Septem et viginti præterea
tabulas pulcherrime pictas ex eadem æde sustulit : in quibus erant imagines Siciliæ regum ac tyrannorum, quæ
non solum pictorum artificio delectabant, sed etiam commemoratione hominum et cognitione formarum. Ac vi-

LV. 1. *Continere*, maintenir, conserver : proprement,
empêcher la dissolution de quelque chose. — 2. *Agathocli* p.
Agathoclis; voy. la note 5 du
ch. 2. *His tabulis*, pour *tali-
bus.* — 3. *Omnia victoria
profana fecisset.* En assiégeant
une ville, les Romains appe-
laient à eux, par des rites et
des formules religieuses, les
divinités tutélaires de cette ville:
cela s'appelait *evocare deos.*

Elle était donc, lors de la prise,
selon l'idée des Romains, sans
dieux, et tout y était profane :
à leurs yeux la victoire prou-
vait que les dieux avaient émi-
gré. — 4. *Si Syracusas cepisset, duo templa se Romæ dedicaturum voverat.* Cicéron se
trompe ici d'époque : Marcellus fit ce vœu avant la victoire
de Clastidium, dans la guerre
contre les Gaulois, en 222, dix
ans avant la prise de Syracuse.

dete, quanto tætrior hic tyrannus Syracusanus fuerit,
quam quisquam superiorum : quum illi tamen ornarint
templa deorum immortalium, hic etiam illorum monumenta atque ornamenta sustulit.

CHAPITRE LVI.

124. Jam vero quid ego de valvis illius templi commemorem? Vereor ne, hæc qui non viderint, omnia me
nimis augere atque ornare arbitrentur : quod tamen nemo
suspicari debet, tam esse me cupidum, ut tot viros pri-
marios velim, præsertim ex judicum numero, qui Syracusis fuerint, qui hæc viderint, esse temeritati et men-
dacio meo conscios. Confirmare hoc liquido, judices,
possum, valvas magnificentiores, ex auro atque ebore
perfectiores, nullas unquam ullo templo fuisse. Incredibile dictu est, quam multi Græci de harum valvarum
pulchritudine scriptum reliquerint. Nimium forsitan hæc
illi mirentur atque efferant : esto ; verumtamen honestius
est reipublicæ nostræ, judices, ea quæ illis pulchra esse
videantur, imperatorem nostrum in bello reliquisse, quam
prætorem in pace abstulisse. Ex ebore diligentissime perfecta argumenta (1) erant in valvis : ea detrahenda curavit omnia. Gorgonis os pulcherrimum, cinctum anguibus,
revellit atque abstulit : et tamen indicavit, se non solum
artificio, sed etiam pretio quæstuque duci. Nam bullas
aureas omnes ex iis valvis, quæ erant multæ et graves,
non dubitavit auferre; quarum iste non opere delectaba-
tur, sed pondere. Itaque ejusmodi valvas reliquit, ut, quæ
olim ad ornandum templum erant maxime, nunc tantum
ad claudendum factæ esse videantur. 125. Etiamne gra-
mineas hastas (2)—vidi enim vos in hoc nomine (3), quum

LVI. 1. *Argumenta*, sujets représentés. *Arguere* est montrer au jour, mettre dans son vrai jour. — 2. *Hastæ grami-* neæ sont de longs bambous que les marchands avaient apportés de l'Orient : on les déposait dans les temples comme

testis diceret, commoveri, quod erant ejusmodi, ut semel vidisse satis esset : in quibus neque manu factum quicquam, neque pulchritudo erat ulla, sed tantum magnitudo incredibilis, de qua vel audire satis esset, nimium videre plus quam semel — etiam id concupisti?

CHAPITRE LVII.

Nam Sappho, quæ sublata de prytaneo est, dat tibi justam excusationem, prope ut concedendum atque ignoscendum esse videatur. 126. Silanionis (1) opus tam perfectum, tam elegans, tam elaboratum, quisquam non modo privatus, sed populus potius haberet, quam homo elegantissimus atque eruditissimus Verres? Nimirum contra dici nihil potest. Nostrûm enim unusquisque, qui tam beati, quam iste est, non sumus, tam delicati esse non possumus, si quando aliquid istiusmodi videre volet, eat ad ædem Felicitatis (2), ad monumentum Catuli (3), in porticum Metelli (4); det operam, ut admittatur in alicu-

des produits étonnants de la nature. Pline, *Hist. nat.* XVI, ch. 65 : *Præferuntur Indi calami, quorum alia quibusdam videtur natura, quándo et hastarum vicem præbent, additis cuspidibus. Arundini quidem Indicæ arborea amplitudo : qualem vulgo in templis videmus.*— 3. In hoc *nomine* ne signifie pas : à ce *nom;* car le nom était sans doute consacré pour désigner un objet que l'on pouvait voir dans beaucoup de temples. C'est comme nous disons : à cet *article* (de la plainte) ; quand les bambous ont été nommés, objet curieux pour l'histoire naturelle, mais qui devait être nul pour un amateur des arts.

LVII. 1. *Silanio* d'Athènes, sculpteur célèbre, contemporain de Lysippe et maître de Zeuxis. — 2. *Ædem Felicitatis :* ce temple fut construit par Mummius, le vainqueur de Corinthe, et orné des statues de Praxitèle. — 3. *Monumentum Catuli,* le temple de la *Fortuna hujusce diei,* construit d'après un vœu de Q. Catulus dans la guerre Cimbrique ; voy. Plutarque, *Vie de Marius,* ch. 26. — 4. *Porticum Metelli* (*Macedonici*), dans la neuvième région de Rome. Pline (XXXIV, ch. 14) le nomme aussi à pro-

5.

jus istorum Tusculanum (5); spectet forum ornatum (6),
si quid iste suorum ædilibus commodarit : Verres hæc
habeat domi ; Verres ornamentis fanorum atque oppidorum habeat plenam domum, villas refertas. Etiamne hujus operarii studia ac delicias, judices, perferetis? qui ita
natus, ita educatus est, ita factus et animo et corpore, ut
multo appositior ad ferenda , quam ad auferenda signa
esse videatur. 127. Atque hæc Sappho sublata quantum
desiderium sui reliquerit, dici vix potest. Nam quum
ipsa fuit egregie facta, tum epigramma Græcum pernobile
incisum est in basi, quod iste eruditus homo et Græculus,
qui hæc subtiliter judicat, qui solus intelligit, si unam litteram Græcam scisset, certe non sustulisset (7). Nunc
enim, quod scriptum est inani in basi , declarat, quid fuerit, et id ablatum indicat.

  Quid? signum Pæanis (8) ex æde Æsculapii præclare
factum, sacrum ac religiosum, non sustulisti? quod omnes
propter pulchritudinem visere , propter religionem colere
solebant. 128. Quid? ex æde Liberi (9) simulacrum Ari-
stæi non tuo imperio palam ablatum est? Quid? ex æde
Jovis religiosissimum simulacrum Jovis Imperatoris, quem

pos d'une statue.— 5. *Tuscu-*
lanum pour dire en général :
maison de campagne. C'est un
trait lancé contre l'orateur Hortensius, principal défenseur de
Verrès : il avait à Tusculum
une superbe villa, dont quelques ornements venaient peut-
être de son client. — 6.
Forum ornatum, voyez plus
haut, ch. 3. — 7. *Certe non*
sustulisset, s.-ent. *hoc signum*,
et non pas *epigramma*. Cicéron voulait dire, *tum epigram-*
ma græcum SI INTELLEXIS-
SET , mais après deux phrases
incidentes, à la place des derniers mots il met cette phrase

plus forte : *si unam litteram*
Græcam scisset. M. Zumpt
indique cette épigramme, attri-
buée à Platon, comme pouvant
être celle-là même qui se trouvait inscrite sur la base de la
statue :
Ἐννέα τὰς Μούσας φασίν τι-
νες · ὡς ὀλιγώρως !
ἠνίδε καὶ Σαπφὼ Λεσβόθεν ἡ
    δεκάτη.
— 8. *Pæanis* pour *Pæonis ,*
Παιήονος , dieu de la méde-
cine plus ancien qu'Esculape.
— 9. *Liber,* nom italique pour
Bacchus. Aristée, fils de Cœ-
lus et de Terra (Οὐρανοῦ καὶ
Γῆς) , est une très-ancienne

Græci *Urion* nominant (10), pulcherrime factum, nonne abstulisti? Quid? ex æde Liberæ (11) parvum caput illud pulcherrimum, quod visere solebamus, num dubitasti tollere? Atque ille Pæan sacrificiis anniversariis simul cum Æsculapio apud illos colebatur : Aristæus, qui [ut Græci ferunt, Liberi filius] (12), inventor olei esse dicitur, una cum Libero patre apud illos eodem erat in templo consecratus.

CHAPITRE LVIII.

129. Jovem autem Imperatorem quanto honore in suo templo fuisse arbitramini? Conjicere potestis, si recordari volueritis, quanta religione fuerit eadem specie ac forma signum illud, quod ex Macedonia captum in Capitolio posuerat Flamininus. Etenim tria ferebantur in orbe ter-

divinité grecque, protectrice des troupeaux, de l'agriculture et de l'horticulture ; elle figure dans plusieurs mythes sur Bacchus et sur Apollon. — 10. *Jovis Imperatoris, quem Græci* Οὔριον *vocant.* En grec Ζεὺς Οὔριος est proprement celui qui donne une heureuse navigation, de οὖρος, vent favorable : et par métaphore, celui qui nous fait prospérer, τὸ πᾶν· μῆγαρ οὔριος Ζεύς, Éschyle, *Suppliantes* 594. La traduction latine par *Juppiter Imperator* est embarrassante. M. Zumpt croit que les anciens Romains prenaient ce surnom pour *itineris sive expeditionis faustæ dux.* Je n'ai pu voir les recherches de M. Levezow sur ce passage (Berlin, 1826). — 11. *Liberæ,* c.-à-d. *Proserpinæ ;* voy. ch. 48. *Parvum,*

mot trop vague, et suspect ici ; les manuscrits portent *parium* ou *parinum.* — 12. Les mots placés entre crochets paraissent être une insertion de main étrangère : la double tournure *ut Græci ferunt* et *dicitur* est peu naturelle. Ailleurs Cicéron, ainsi que d'autres mythographes, nomme Aristée fils d'Apollon ; *de Nat. Deor.* III, ch. 18 : *Quid Aristæus, qui olivæ dicitur inventor, Apollinis filius,* etc. Aucune tradition ne le donne pour fils de Bacchus.

LVIII. 1. *Flamininus. T. Quinctius Flamininus* avait vaincu le roi Philippe en 198 av. J.-C. à Cynocephalæ en Thessalie, mais il n'est pas question d'une statue de Jupiter Imperator qu'il aurait enlevée à la Macédoine et dépo-

terrarum signa Jovis Imperatoris uno in genere pulcherrime facta : unum illud Macedonicum, quod in Capitolio
vidimus : alterum in Ponti ore et angustiis (2) : tertium,
quod Syracusis ante Verrem prætorem fuit. Illud Flamininus ita ex æde sua sustulit, ut in Capitolio, hoc est, in
terrestri domicilio Jovis, poneret. 130. Quod autem est
ad introitum Ponti, id, quum tam multa ex illo mari
bella emerserint, tam multa porro in Pontum invecta
sint, usque ad hanc diem integrum inviolatumque servatum est. Hoc tertium, quod erat Syracusis, quod M. Marcellus armatus et victor viderat (3), quod religioni con-
cesserat, quod cives atque incolæ Syracusani colere,
advenæ non solum visere, verum etiam venerari solebant,
id Verres ex templo Jovis sustulit. 131. Ut sæpius ad
Marcellum revertar, judices, sic habetote (4) : plures esse
a Syracusanis istius adventu deos, quam victoria Marcelli
homines desideratos. Etenim ille requisisse etiam dicitur
Archimedem illum, summo ingenio hominem ac disci-
plina, quem quum audisset interfectum, permoleste tulisse : iste omnia, quæ requisivit, non ut conservaret, verum ut asportaret, requisivit.

sée au Capitole. La célèbre statue du dieu que l'on voyait
dans le temple du Capitole
avant l'incendie qui précéda ce
discours de quatorze ans, avait
une toute autre provenance :
c'était, non *T. Quinctius Flamininus*, mais le dictateur *T.
Quinctius Cincinnatus* qui
l'avait prise à Préneste en
377. Tite-Live VI, ch. 29 : *T.
Quinctius ... Præneste in de-
ditionem accepto, Romam re-
vertit; triumphansque signum,
Præneste devectum, Jovis Imperatoris tulit. Dedicatum est
inter cellam Jovis ac Minervæ.* La mémoire de Cicéron a
failli ici : il confond *T. Quinctius*
avec le vainqueur du roi Philippe, et fait venir cette statue
de Macédoine. — 2. *In Ponti
ore et angustiis*, sur le terri-
toire de Chalcédoine, dans le
temple de Jupiter dont on attribuait la fondation à Jason,
le chef des Argonautes. — 3.
Viderat : remarquez la force
d'un mot, faible en apparence,
quand il est mis à sa place :
Marcellus, entouré d'une ar-
mée, vainqueur, avait vu cette
statue (mais il ne l'emporta pas).
—4. *Sic habetote*, s.-ent. *animo; sic statuite* : voici l'idée
que vous devez vous en faire.

CHAPITRE LIX.

Tant de déprédations ont fait sur les Grecs une impression d'autant plus fâcheuse qu'ils attachent beaucoup plus de prix que les Romains à ces objets, et que jamais ils ne s'en seraient défaits pour Verrès, comme celui-ci le prétend.

Jam illa, quæ leviora videbuntur, ideo præteribo : quod mensas Delphicas (1) e marmore, crateras ex ære pulcherrimas, vim maximam vasorum Corinthiorum ex omnibus ædibus sacris abstulit Syracusis. 132. Itaque, judices, ii qui hospites ad ea quæ visenda sunt, solent ducere et unumquidque ostendere, quos illi mystagogos (2) vocant, conversam jam habent demonstrationem suam : nam, ut ante demonstrabant, quid ubique esset, item nunc, quid undique ablatum sit, ostendunt.

Quid tum? mediocrine tandem dolore eos affectos esse arbitramini? Non ita est, judices : primum, quod omnes religione moventur et deos patrios, quas a majoribus acceperunt, colendos sibi diligenter et retinendos esse arbitrantur : deinde hic ornatus, hæc opera atque artificia, signa, tabulæ pictæ, Græcos homines nimio opere (3) delectant. Itaque ex illorum querimoniis intelligere possumus, hæc illis acerbissima videri, quæ forsitan nobis levia et contemnenda esse videantur. Mihi credite, judices (tametsi vosmet ipsos hæc eadem audire certo scio), quum multas acceperint per hosce annos socii atque exteræ nationes calamitates et injurias, nullas Græci homines gravius ferunt ac tulerunt, quam hujuscemodi spoliationes fanorum atque oppidorum. 133. Licet iste dicat emisse se, sicuti solet dicere ; credite hoc mihi, judices : nulla unquam civitas tota Asia (4) et Græcia signum ullum,

LIX. 1. *Mensæ Delphicæ*, petites tables à trois pieds, imitations du trépied sur lequel la prêtresse de Delphes prononçait les oracles ; elles servaient à mettre l'argenterie.— 2. Μυσταγωγοί ne se trouve qu'ici et dans un passage de Strabon dans la signification que Cicéron explique : les mots ordinaires, sont ξεναγωγός et περιηγητής. — 3. *Nimio opere* comme superlatif de *magnopere*. — 4. *Nulla civitas totá*

tabulam pictam, ullum denique ornamentum urbis, sua
voluntate cuiquam vendidit. Nisi forte existimatis, posteaquam judicia severa Romæ fieri desierunt, Græcos homines hæc venditare cœpisse, quæ tum non modo non ven-
ditabant, quum judicia fiebant, verum etiam coemebant :
aut nisi arbitramini, L. Crasso, Q. Scævolæ, C. Claudio,
potentissimis hominibus, quorum ædilitates ornatissimas
vidimus, commercium istarum rerum cum Græcis hominibus non fuisse ; iis qui post judiciorum dissolutionem
ædiles facti sunt, fuisse.

CHAPITRE LX.

134. Acerbiorem etiam scitote esse civitatibus falsam
istam et simulatam emptionem, quam si quis clam surri-
piat aut eripiat palam atque auferat. Nam turpitudinem
summam esse arbitrantur referri in tabulas publicas pretio adductam civitatem, et pretio parvo, ea quæ accepisset a majoribus, vendidisse atque abalienasse. Etenim
mirandum in modum Græci rebus istis, quas nos conte-
mnimus, delectantur. Itaque majores nostri facile patiebant-
tur hæc esse apud illos quam plurima ; apud socios, ut
imperio nostro quam ornatissimi florentissimique essent ;
apud eos autem, quos vectigales aut stipendiarios fece-
rant, tamen hæc relinquebant, ut illi, quibus hæc jucunda
sunt, quæ nobis levia videntur, haberent hæc oblecta-
menta et solatia servitutis. 135. Quid arbitramini Rhe-
ginos, qui jam cives Romani sunt, merere (1) velle, ut ab
iis marmorea Venus illa auferatur ? quid Tarentinos, ut

Asiâ. Remarquez cette tournure dans laquelle *in* ne doit
pas être employé.

LX. 1. *Merere,* gagner, re-
cevoir pour ... Ainsi dans le
premier livre *de Natura deor.,*
ch. 24 : *Quid enim mereas,*

ut Epicureus esse desinas ?
« à quel prix voudrais-tu cesser
d'être Épicurien ? » Au sujet des
célèbres œuvres d'art mention-
nées dans ce paragraphe, on
trouve les détails nécessaires
dans l'*Archéologie* d'O. Müller

Europam in tauro amittant? ut Satyrum (2) qui apud illos in æde Vestæ est? ut cetera? quid Thespienses, ut Cupidinis signum, propter quod unum visuntur Thespiæ? quid Cnidios, ut Venerem (3) marmoream? quid, ut pictam (4), Coos? quid Ephesios, ut Alexandrum? quid Cyzicenos, ut Ajacem, aut Medeam? quid Rhodios, ut Ialysum (5)? quid Athenienses, ut ex marmore Iacchum aut Paralum (6) pictum aut ex ære Myronis buculam? Longum est et non necessarium commemorare, quæ apud quosque visenda sunt tota Asia et Græcia : verum illud est, quamobrem hæc commemorem, quod existimare vos hoc volo, mirum quendam dolorem accipere eos, ex quorum urbibus hæc auferantur.

CHAPITRE LXI.

Ainsi donc, c'est à Syracuse, cette ville qu'on représente comme si bien disposée en faveur de Verrès, que les ressentiments soulevés par son oppression sont les plus vifs. Plaintes, mémoires, tout s'élève contre le préteur, et la délibération même de laquelle est sorti le décret surpris par les amis de Verrès, ne sert qu'à le compromettre davantage.

136. Atque, ut ceteros omittamus, de ipsis Syracusanis cognoscite. Ad quos ego quum venissem, sic primum existimabam, ut Romæ ex istius amicis acceperam, civitatem Syracusanam propter Heraclii hereditatem (1) non

(traduite en fr., chez Roret).— 2. *Satyrus*, non pas un satyre, mais Satyros, un héros du pays, qui a donné à la ville de Tarente le surnom de *Satyrium*. — 3. *Venus Cnidia*. Pline dit, *H. nat.* XXXVI, ch. 4 : *Ante omnia et non solum Praxitelis (opera), sed et in toto orbe terrarum, est Venus, quam ut viderent, multi navigaverunt Cnidum.* — 4. *Pictam Vene-* *rem*, celle d'Apelle, qui était peinte sortant de la mer, Ἀναδυομένη. — 5. *Ialysus*, héros rhodien. — 6. *Iacchus*, mari de Cérès. *Paralus*, héros athénien, « *qui traditur a nonnullis longas naves invenisse, unde ab eo dicta* ἡ πάραλος *Atheniensium,* » Pline.

LXI. 1. *Heraclii hereditatem.* Il échut à cet Héraclius un immense héritage : mais

minus esse isti amicam, quam Mamertinam propter prædarum ac furtorum omnium societatem : simul et vere-
bar ne mulierum nobilium et formosarum gratia, quarum
iste arbitrio per triennium præturam gesserat , virorum-
que, quibuscum illæ nuptæ erant, nimia in istum non modo
lenitudine, sed etiam liberalitate oppugnarer , si quid ex
litteris Syracusanorum conquirerem. 137. Itaque Syracusis cum civibus Romanis eram : eorum tabulas exquire-
bam, injurias cognoscebam : quum diutius in negotio cu-
raque fueram, ut requiescerem curamque animi remitte-
rem, ad Carpinatii (2) præclaras tabulas revertebar; ubi
cum equitibus Romanis., hominibus ex illo conventu
honestissimis , illius Verrucios , de quibus ante dixi (3) ,
explicabam : a Syracusanis prorsus nihil adjumenti neque
publice neque privatim exspectabam : neque erat in
animo postulare. Quum hæc agerem, repente ad me venit
Heraclius, is qui tum magistratum Syracusis habebat (4),
homo nobilis, qui sacerdos Jovis fuisset , qui honos est
apud Syracusanos amplissimus. Agit mecum et cum fratre (5) meo, ut, si nobis videretur, adiremus ad eorum
senatum : frequentes esse in curia : se jussu senatus a
nobis petere, ut veniremus. 138. Primo nobis fuit dubium,
quid ageremus : deinde cito venit in mentem , non esse
vitandum illum nobis conventum et locum.

Verrès sut bien, par un injuste
procès , l'en depouiller à son
profit personnel et à celui des
palestrites de Syracuse. Cicéron fait un récit complet de
cette scandaleuse affaire dans
son second discours , ch. 14 et
suiv. — 2. *L. Carpinatius*
était le directeur des impôts sur
les pâtures (*in scriptura pro
magistro erat*), et s'était étroitement lié avec Verrès : voy.
sur lui le même discours au
ch. 70. — 3. *Ante dixi*, au
ch. 76-78 du même discours.
Carpinatius avait changé dans
de faux-comptes le nom de *Verres* en *Verrucius*, nom fictif et
n'appartenant à aucun individu
vivant. — 4. *Magistratum Syracusis habebat*, il y était
proagore; voy. le ch. 23. Comparez avec les mots suivants le
Disc. II , ch. 51 : *Syracusis
lex est de religione , quæ in
annos singulos Jovis sacer-
dotem* (en grec ἀμφίπολον) *sortito capi jubeat, quod apud
illos amplissimum sacerdo-
tium putatur. — 5. Fratre*,
s.-ent. *patrueli*, Lucius Cicéro:
voy. la note 3 du ch. 11,

CHAPITRE LXII.

Itaque in curiam venimus. Honorifice sane consurgitur : nos rogatu magistratus assedimus. Incipit is loqui, qui et auctoritate et ætate et, ut mihi visum est, usu rerum antecedebat, Diodorus Timarchidi (1) ; cujus omnis oratio hanc habuit primo sententiam : senatum et populum Syracusanum moleste graviterque ferre, quod ego, quum in ceteris Siciliæ civitatibus senatum populumque docuissem, quid iis utilitatis, quid salutis afferrem, et quum ab omnibus mandata, legatos, litteras testimoniaque sumpsissem, in illa civitate nihil ejusmodi facerem. Respondi, neque Romæ in conventu Siculorum, quum a me auxilium communi omnium legationum consilio petebatur, causaque totius provinciæ ad me deferebatur, legatos Syracusanorum affuisse : neque me postulare ut quicquam contra C. Verrem decerneretur in ea curia, in qua inauratam C. Verris statuam viderem. 139. Quod posteaquam dixi, tantus est gemitus factus aspectu statuæ et commemoratione, ut illud in curia positum monumentum scelerum, non beneficiorum videretur. Tum pro se quisque, quantum dicendo assequi poterat, docere me cœpit ea quæ paullo ante commemoravi : spoliatam urbem, fana direpta : de Heraclii hereditate, quam palæstritis (2) concessisset, multo maximam partem ipsum abstulisse : neque postulandum fuisse, ut ille palæstritas diligeret, qui etiam inventorem olei deum (3) sustulisset : neque illam statuam esse ex pecunia publica neque publice datam, sed eos, qui hereditatis diripiendæ participes fuissent, faciendam statuendamque curasse : eosdem Romæ fuisse legatos, illius adjutores improbitatis, socios furtorum, conscios

---

LXII. 1. *Timarchidi* (génitif), s.-ent. *filius.* — 2. *Palæstritæ*, ceux qui s'exercent dans la palestre. La palestre avait une caisse affectée aux dépenses nécessaires en huile, etc. C'est à cette caisse que Verrès avait transféré l'héritage d'Héraclius, mais il en avait intercepté pour lui-même la majeure partie. — 3. *Inventorem olei deum,* voy. la fin du ch. 57.

flagitiorum : eo minus mirari me oportere, si illi communi
legatorum voluntati et saluti Siciliæ defuissent.

CHAPITRE LXIII.

140. Ubi eorum dolorem ex istius injuriis non modo
non minorem, sed prope majorem, quam Siculorum ceterorum, esse cognovi, tum meum animum in illos, tum
mei consilii negotiique totius suscepti causam rationemque
proposui, tum eos hortatus sum, ut causæ communi sa-
lutique ne deessent; ut illam laudationem, quam se vi ac
metu coactos paucis illis diebus decrêsse dicebant, tollerent. Itaque, judices, Syracusani hæc faciunt, istius clientes atque amici. Primum mihi litteras publicas, quas in
ærario sanctiore conditas habebant, proferunt : in quibus
ostendunt omnia, quæ dixi ablata esse, perscripta, et plura
etiam, quam ego potui dicere : perscripta autem hoc modo,
*quod ex æde Minervæ hoc et illud abesset, quot ex
æde Jovis, quod ex æde Liberi :* ut quisque iis rebus
tuendis conservandisque præfuerat, ita perscriptum erat,
quum rationem e lege redderent et quæ acceperant, tradere deberent, petisse ut sibi, quod eæ res abessent, igno-
sceretur : itaque omnes liberatos discessisse et esse ignotum (1) omnibus : quas ego litteras obsignandas publico
signo deportandasque curavi.

141. De laudatione autem ratio sic mihi reddita est.
Primum quum a C. Verre litteræ aliquanto ante adventum
meum de laudatione venissent, nihil esse decretum : deinde, quum quidam ex illius amicis commonerent oportere decerni, maximo clamore esse et convicio repudiatos :
posteaquam meus adventus appropinquaret, imperasse
eum, qui summam potestatem haberet (2), ut decernerent : decretum ita esse, ut multo plus illi laudatio mali
quam boni posset afferre. Id adeo, judices, ut mihi ab
illis demonstratum est, sic vos ex me cognoscite.

LXIII. 1. *Ignotum* est ici participe de *ignoscere.* — 2. *Eum qui summam potestatem haberet,* le préteur de Sicile à cette époque, Lucius Métellus.

CHAPITRE LXIV.

142. Mos est Syracusis, ut, si qua de re ad senatum referatur, dicat sententiam qui velit : nominatim nemo rogatur ; et tamen, ut quisque ætate et honore antecedit, ita primus solet sua sponte dicere, itaque (1) a ceteris ei conceditur : sin aliquando tacent omnes, tum sortito coguntur dicere. Quum hic mos esset, refertur ad senatum de laudatione Verris. In quo primum, ut aliquid esset moræ, multi interpellant : de Sexto Peducæo (2), qui de illa civitate totaque provincia optime meritus esset, sese antea, quum audissent, ei negotium facessitum, quumque eum publice pro plurimis ejus et maximis meritis laudare cuperent, a C. Verre prohibitos esse : iniquum esse, tametsi Peducæus eorum laudatione jam non uteretur, tamen non id prius decernere, quod aliquando voluissent, quam quod tum cogerentur. 143. Conclamant omnes et approbant, ita fieri oportere. Refertur de Peducæo. Ut quisque ætate et honore antecedebat, ita sententiam dixit ex ordine. Id adeo ex ipso senatusconsulto cognoscite : nam principum sententiæ perscribi solent. Recita. *Quod verba facta sunt de Sex. Peducæo.* Dicit, qui primi suaserint. Decernitur. Refertur deinde de Verre. Dic, quæso, quomodo. *Quod verba facta sunt de C. Verre.* Quid postea scriptum est? *Quum surgeret nemo neque sententiam diceret* — Quid est hoc? *sors ducitur.* Quamobrem? nemo erat voluntarius laudator præturæ tuæ, defensor periculorum, præsertim quum inire a prætore gratiam posset? Nemo. Illi ipsi tui convivæ, consiliarii, conscii, socii verbum facere non audent. In qua curia statua tua stabat et nuda filii, in ea nemo fuit, ne quem nudus quidem (2) filius nudatâ provinciâ commoveret. 144. At-

---

LXIV. 1. *Itaque* p. *et ita.* — 2. *Sextus Peducæus* était propréteur de Sicile en 76 et 75; la première année il eut Cicéron pour questeur. — 2. *Ne ... quidem* « post *nemo* in

« eadem sententia non novam « habet negationem, sed eam « quæ in voce *nemo* inest, « acuit. » *Madvig.* Pour émouvoir la pitié des juges, on amenait ses petits enfants au tri-

que etiam hoc me docent, ejus modi senatus consultum fecisse laudationis, ut omnes intelligere possent non laudationem, sed potius irrisionem esse illam, quæ commonefaceret istius turpem calamitosamque præturam. Etenim scriptum esse ita, *quod is virgis neminem cecidisset :* a quo cognostis nobilissimos homines atque innocentissimos securi esse percussos : *quod vigilanter provinciam administrasset :* cujus omnes vigilias in turpissimis rebus constat esse consumptas. Hoc vero scriptum esse, quod proferre non auderet reus, accusator recitare non desineret, *quod prædones procul ab insula Sicilia prohibuisset Verres :* quos etiam intra Syracusanam Insulam recepisset.

145. Hæc posteaquam ex illis cognovi, discessi cum fratre e curia, ut, nobis absentibus, si quid vellent, decernerent.

CHAPITRE LXV.

Les Syracusains sont tellement peu satisfaits de Verrès, qu'ils se sont unis par les liens de l'hospitalité avec le cousin de l'orateur, venu pour l'assister dans son enquête, qu'un décret de sénat a annulé la délibération en faveur de Verrès, et que ce décret, lui-même, Cicéron, le tient entre ses mains.

Decernunt statim, primum, *ut cum fratre Lucio hospitium publice fieret,* quod is eandem voluntatem erga Syracusanos suscepisset, quam ego semper habuissem. Id non modo tum scripserunt, verum etiam in ære incisum nobis tradiderunt. Valde hercule te Syracusani tui, quos crebro commemorare soles, diligunt : qui cum accusatore tuo satis justam causam conjungendæ necessitudinis putant, quod te accusaturus sit et quod inquisitum in te venerit. Postea decernitur, ac non varie, sed prope cunctis sententiis, *ut laudatio, quæ C. Verri decreta esset, tolleretur.* 146. In eo, quum jam non solum discessio (1)

bunal. Personne ne voulut parler pour Verrès quoiqu'il eût avec lui son fils nu (la statue).

LXV. 1. *Discessio,* pour voter : chacun se rangeait du côté de celui dont il partageait l'opi-

facta esset, sed etiam perscriptum atque in tabulas rela-
tum, prætor appellatur (2). At quis appellat? Magistratus
aliquis? Nemo. Senator? Ne id quidem. Syracusanorum
aliquis? Minime. Quis igitur prætorem appellat? Qui
quæstor istius fuerat, P. Cæsetius. O rem ridiculam! o
desertum hominem, desperatum, relictum! A magistratu
Siculo, ne senatusconsultum Siculi homines facere possent, ne suum jus suis moribus, suis legibus obtinere
possent, non amicus istius, non hospes, non denique aliquis Siculus, sed quæstor populi Romani prætorem appellat. Quis hoc vidit? quis audivit? Prætor æquus et
sapiens dimitti jubet senatum. Concurrit ad me maxima
multitudo. Primum senatores clamare, sibi eripi jus, eripi
libertatem : populus senatum laudare, gratias agere : cives
Romani a me nusquam discedere. Quo quidem die nihil
ægrius factum est, multo labore meo, quam ut manus
ab illo appellatore abstinerentur. 147. Quum ad prætorem
in jus adissemus, excogitat sane acute quid decernat.
Nam antequam verbum facerem, de sella surrexit atque
abiit. Itaque tum de foro, quum jam advesperasceret,
discessimus.

CHAPITRE LXVI.

Postridie mane ab eo postulo, ut Syracusanis liceret
senatusconsultum, quod pridie fecissent, mihi reddere.
Ille enimvero negat ; et ait, indignum facinus esse, quod
ego in senatu Græco verba fecissem : quod quidem apud
Græcos Græce locutus essem, id ferri nullo modo posse.
Respondi homini, ut potui, ut debui, ut volui. Tum
multa, tum etiam hoc me memini dicere, facile esse perspicuum, quantum inter hunc et illum Numidicum, verum
ac germanum Metellum, interesset : illum noluisse sua
laudatione juvare L. Lucullum (1), sororis virum, quicum

nion. — 2. *In eo .. prætor
appellatur*, à ce sujet on en
appela au préteur (pour qu'il
empêchât la décision à pren-

dre contre son prédécesseur).
   LXVI. 1. *L. Lucullum*, le
père du célèbre Lucullus, accusé et condamné de malver-

optimè convenisset; hunc homini alienissimo a civitatibus laudationes per vim et metum comparare. 148. Quod
ubi intellexi, multum apud illum recentes nuntios, multum tabellas non commendatitias, sed tributarias (2)
valuisse, admonitu Syracusanorum ipsorum impetum in
eas tabulas facio, in quibus senatusconsultum perscripse-
rant. Ecce autem nova turba atque rixa, ne tamen istum
omnino Syracusis sine amicis, sine hospitibus, plane nu-
dum esse ac desertum putetis. Retinere incipit tabulas
Theomnastus quidam (3), homo ridicule insanus, quem
Syracusani Theoractum vocant; qui illic ejusmodi est, ut
eum pueri sectentur, ut omnes, quum loqui cœpit, irri-
deant. Hujus tamen insania, quæ ridicula est aliis, mihi
tum molesta sane fuit : nam quum spumas ageret in ore,
oculis arderet, voce maxima vim me sibi afferre clamaret,
copulati (4) in jus pervenimus. 149. Hîc ego postulare
cœpi, ut mihi tabulas obsignare ac deportare liceret. Ille
contra dicere : negare, esse illud senatusconsultum, in
quo (5) prætor appellatus esset; negare, id mihi tradi
oportere. Ego legem recitare, omnium mihi tabularum et
litterarum fieri potestatem. Ille furiosus urgere, nihil ad
se nostras leges pertinere. Prætor intelligens negare (6)
sibi placere, quod senatusconsultum ratum esse non deberet, id me Romam deportare. Quid multa ? nisi vehementius homini minatus essem, nisi legis sanctionem (7)

---

sation ; voy. le commencement
de la Vie de Lucullus par Plutarque. *Quicum optime convenisset*, quoiqu'il vecût avec
lui dans le meilleur accord. —
2. *Tabellas...tributarias*, lettres qui promettaient un tribut,
une récompense, s'il agissait
en faveur de Verrès. Métellus
avait reçu, entre autres, une
lettre de sa famille, *quæ* (dit
Cicéron) *totum immutarat hominem*, Disc. II, ch. 26. — 3.
Theomnastus (Dor. p. Θεό-

μνηστος) *quidam*, qui, cependant, avait été prêtre de
Jupiter (voy. le ch. 61 et la
note 4), ce que Cicéron pas-
se ici prudemment sous silence;
voy. le second Discours, ch.
51. On explique *Theoractus*
par θεόρρηκτος, *a deo furore
perculsus*. — 4. *Copulati*,
pour *una*, ensemble. — 5. *In
quo*, à l'occasion duquel ...
— 6. *Negare* p. *negat*. — 7.
Legis sanctionem. Justinien :
Legum eas partes, quibus pœ-

pœnámque recitassem, tabularum mihi potestas facta non
esset. Ille autem insanus, qui pro isto vehementissime
contra me declamasset, postquam non impetravit, credo,
ut in gratiam mecum rediret, libellum mihi dat, in quo
istius furta Syracusana perscripta erant : quæ ego antea
jam ab illis cognôram et acceperam.

CHAPITRE LXVII.

Les Mamertins sont donc les seuls amis que Verrès compte dans
la Sicile ; mais une suite de questions dans lesquelles reparaissent
tous les délits et tous les profits illicites, seuls liens qui les ratta-
chent au préteur, achèvent de ruiner cette fausse amitié. L'orateur termine en relevant l'impudence de ce gouverneur qui se fait
célébrer des jeux et des sacrifices, tandis qu'il détruit ceux qu'on
avait célébrés jusqu'alors en l'honneur de la conquête de Métellus,
c'est-à-dire, de la gloire de Rome.

150. Laudent te jam sane Mamertini, quoniam ex tota
provincia soli sunt qui te salvum velint : ita tamen laudent, ut Heius, qui princeps legationis est, adsit : ita laudent, ut ad ea, quæ rogati erunt, mihi parati sint respondere. Ac ne subito a me opprimantur, hæc sum rogaturus :
Navem populo Romano debeantne? (1) fatebuntur :
præbuerintne, prætore C. Verre? negabunt : *ædifica-
rintne navem onerariam maximam publice, quam
Verri dederunt?* negare non poterunt : *frumentum ab
iis sumpseritne C. Verres, quod populo Romano
mitteret, sicuti superiores?* negabunt : *quid militum
aut nautarum per triennium dederint?* nullum datum
dicent. Fuisse Messanam omnium istius furtorum ac prædarum receptricem, negare non poterunt : permulta multis navibus illinc exportata : hanc navem denique maximam a Mamertinis datam, onustam cum isto profectam

---

nas *constituimus adversus eos
qui contra leges fecerint*, SAN-
CTIONES *vocamus.*

  LXVII. 1. *Debeantne* est

mis à la fin pour se rattacher
aux autres verbes qui devaient
suivre : si la phrase eût été
faite pour rester seule, il au-

fatebuntur. 151. Quamobrem tibi habe sane istam laudationem Mamertinorum : Syracusanam quidem civitatem ,
ut abs te affecta est , ita in te esse animatam videmus :
apud quos etiam Verria (2) illa flagitiosa sublata sunt.
Etenim minime conveniebat, ei deorum honores haberi ,
qui simulacra deorum abstulisset. Etiam hercule illud in
Syracusanis merito reprehenderetur, si, quum diem festum
ludorum (3) de fastis suis sustulissent celeberrimum et
sanctissimum , quod eo ipso die Syracusæ a Marcello captæ esse dicuntur, iidem diem festum Verris nomine agerent, quum iste a Syracusanis, quæ ille calamitosus dies
reliquerat, ademisset. At videte hominis impudentiam atque arrogantiam , judices , qui non solum Verria hæc
turpia ac ridicula ex Heraclii pecunia constituerit, verum
etiam Marcellia tolli imperarit, ut ei sacra facerent quotannis, cujus opera omnium annorum sacra deosque patrios
amiserant; ejus autem familiæ dies festos tollerent, per
quam ceteros quoque festos dies recuperarant.

rait fallu *navemne ... debeant?* — 2. *Verria* , fêtes en l'honneur de Verrès; voy. ch. 10, note 6. — 3. *Dies festus ludorum*, une fête célébrée avec des jeux publics (ἀγῶνες).

www.ingramcontent.com/pod-product-compliance
Lightning Source LLC
Chambersburg PA
CBHW070744280626
47162CB00017B/2344